陳伯伯的童年記趣

陳明道 著

少年兒童出版社

推薦序

嘉義縣義竹國小校長　林曜輝

如果有人問我：「你的童年生活過得如何？」我一定會回答：「活潑、生動、有趣！」因為我的童年生活是在五零、六零年代的竹崎鄉鄉下。童年，對許多人來說，也許是人生中最美好的一段回憶，或者是人生中最快樂的一段時光，亦可能是人生中最難忘的一段日子！這時的我們無憂無慮，家鄉的四周都有我們的足跡；這時的我們能親近大地，以自然為師、向萬物學習，不必煩

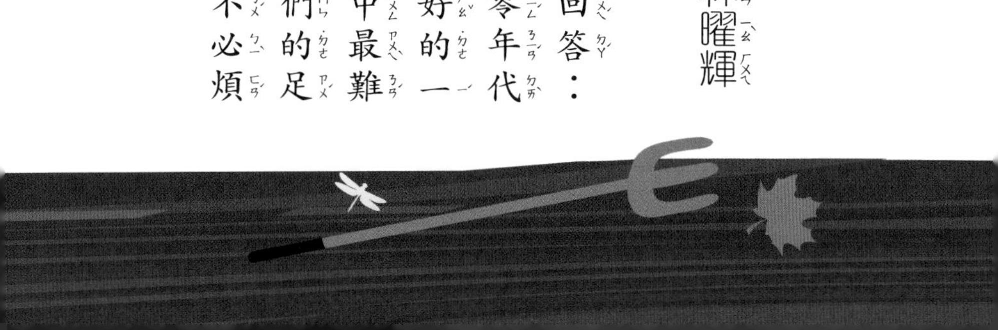

惱成人的世界，這時的我們天真無邪，因此也鬧出了笑話連篇。回憶童年時，雖然有酸、甜、苦、辣各種不同的滋味，終究還是讓人覺得甜蜜溫馨。

四零年代的農村社會，物質缺乏，生活相當艱苦，蕃薯乾能吃得飽就已是萬幸，更遑論可以大魚大肉了！就因為生活在那個時代，小孩子放學後不像現在寫完家課就可以看電視、打電動，甚至上網「社群一下」，而是要幫忙農務—養家禽、除雜草、抓害蟲、養豬、放牛吃草……等工作。所以陳董事長的童年，自國小一年級起就得分擔家事，並且擔負起養雞、養鴨、清掃豬糞的工作，就因為有這些親身體驗，所以才能寫出這些淺顯易懂又發人深省的文章。

陳董事長喜歡和孩子說故事，對教育非常關心，而且長期照顧社區獨居老人，是一位樂善好施的長者。因此將陳董事長的童年求學艱困歷程故事，結合孩子的兒童畫彙整成書，讓眾人閱讀故事和賞析兒童畫的同時，能有楷模學習的典範，而能用功讀書努力上進。所以由邱明龍主任策劃，加上所有的老師開會討論，並且權請藝術人文專業教師－李德明老師幫忙協助，然後由張逸君老師編輯，花了無數心血，歷經一年多，

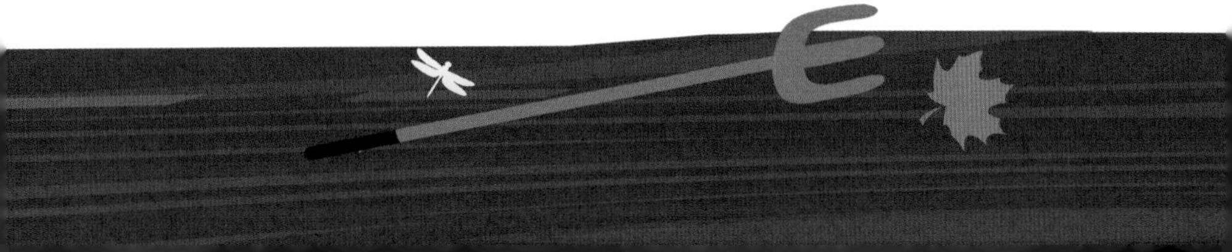

終於完成。

藉由《陳伯伯的童年記趣》這本一步一腳印、真人真事的故事書，再加上孩童純真無邪的插圖，可以讓我們了解到：「雖然身處在困境中，卻仍要抱持樂觀態度，勇敢面對。感謝家人真情的付出，一路走來，相互扶持。做人做事力求真心相待、誠懇誠實。唯有努力不懈，才能達到成功的彼岸。」

相信《陳伯伯的童年記趣》這本書，在我們遇到困境時，能夠帶給我們無比的勇氣與希望。

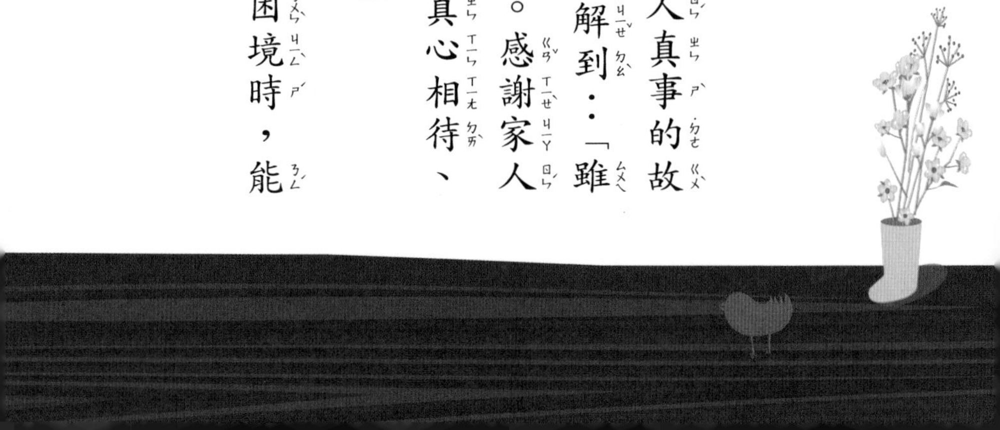

推薦序

臺南市新營區新泰國小校長　林清崎

陳伯伯是個很好的長者，也是個深具風範的事業家。他事成業就後回饋桑梓，鼓勵並教育學子，真是個值得社會大眾學習的典範。

談起童年歲月，不免令人興起兒時記憶。「童年」是個熟悉的字眼，但是每個人的童年不盡然一樣。在民國四十、五十年

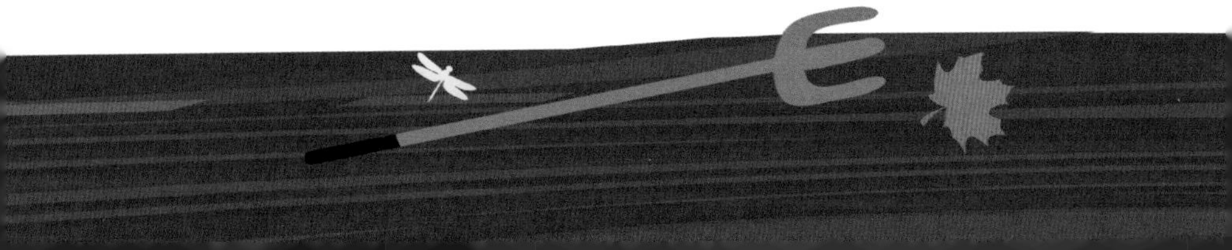

代，陳伯伯所處的童年環境，不論是生活形式或活動內容，他所面對、所遭遇、所參與過的事與物，與現在的莘莘學子比較起來，確實有許許多多的不同。

《陳伯伯的童年記趣》這本新書的內容，就是在描述他當年所經歷過的生活點滴，主要分為：家事篇、農村生活中的禁忌、食物篇、玩樂篇、生活篇、家人篇、衣服篇、上學篇、工作篇、婚姻篇、世界展望會及感想篇。在編輯安排上，考慮字體大小、文字注音、色彩美學，文章配合國小學童手繪圖畫，圖文呼應，相互襯托；尤其在每篇文章之後加註精華要句，引

導讀者掌握文章之精髓大意，他的用心良苦，用意極深。

《陳伯伯的童年記趣》文字淺顯，故事特別，一定會是讀者聚集目光喜愛的好童書。希望讀者在閱讀之後，除了去感受陳伯伯童年生長環境的苦難與生活樂趣之外，更能心存感恩，用心思考，好好體會故事中的每一分道理。在現在與未來，都能珍惜擁有，愛物惜物、愛己利人；這應是陳伯伯寫這本新書的另一深層用意。值此跨越民國百年，邁向一零一年之際，樂見此一童書新作，能博得家長、學童之喜「閱」。

推薦序

嘉義縣義竹國中教師　翁桂櫻

有一種感恩，包含著佩服與感謝，難以形容，無法說全，卻滿溢心中：感恩陳明道董事長再版《陳伯伯的童年記趣》，嘉惠嘉義縣與嘉義市各國中小的孩子。

民國四、五十年代的生活，離我們很遠，卻在陳明道董事長樸質的文筆與義竹國小埤前分校師生寫實的畫筆下，活靈活

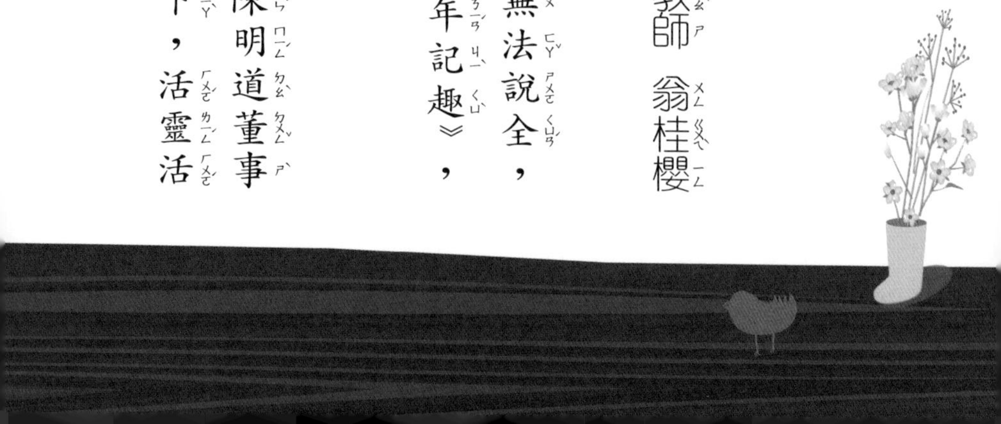

現於眼前。書中一字一句，充滿小喜悅大滿足，貫穿全書的是知足與感恩，從家事篇到感想篇，總共十二個主題裡，處處可見陳明道董事長面對人生的態度與看待生命的寬容。

在家事篇裡，作者描述尋找鵝花草，照料小鴨小鵝長成後賣錢，看見父母一展笑顏而感到無比快樂知足；在農村生活中的禁忌篇裡，敘述著很多人家因為窮苦，所以冒著無照賣鹽、在家殺豬、吃黃皮甘蔗等偷摸的違法行為，這是現今學生難以想像的時代背景下的生活，而在作者不隱瞞遮掩的描述裡，一窺當年的困苦生活以及當時的小孩子是如何在這生活中學習孝敬父母、知足感恩並且尋得樂趣，永生難忘。我們還看到在世界展望篇裡，陳明道董事長因自己有能力回饋社會了，所以秉持取之於社會，用之於社會的想法，把握每一次行善的機會，資助認養了五十幾個世界各國的小朋友，並且提醒著「辛苦賺錢很用心，花錢行善多費心。」要把努力賺來的錢，去幫助真正有需要的人，這才是真正做了好事。

陳明道董事長的第一本書原本是厚厚的一本—《命運・運命》，記載了他的一生：童年記趣、成家立業、學佛行善。後來在張逸君老師的巧思之下，拆解成三個部分，《陳伯伯的童

年記趣》就是第一部分。張逸君老師帶領引導著義竹國小埤前分校的師生，在閱讀《陳伯伯的童年記趣》後，創作出一幅幅精彩寫實的兒童畫。此外，陳明道董事長還完成了以下著作：《命運．運命—一個鄉下孩子的台北夢》、《生命之光—心靈的釋放》、《六祖法寶壇經淺譯》、《達摩大師論集今譯》。

陳明道董事長總是說：要做利益他人的事情，又說行善要及時。除了認養五十幾個國家的孩子外，陳明道董事長也常常受邀到嘉義縣各國中小分享生命歷程，不但不收取鐘點費，還買了許多的文具送給孩子。這一次，陳明道董事長再次自掏腰包，再版《陳伯伯的童年記趣》四千五百本，贈與嘉義縣及嘉義市各國中小師生，感謝陳明道董事長的善心善行，同時，我們期待在各校老師的引導下，孩子想像、理解當年在困苦生活情境中，陳明道董事長如何保持、長養勤奮樂觀、實事求是的態度，進而學習此一人生典範，成就自己亮麗璀璨的人生。

邀請您打開這本《陳伯伯的童年記趣》，打開時光隧道，共賞鬥蟋蟀、玩黏土、穿開襠褲的純真年代！

推薦序

教育無他，愛與好榜樣而已。

張逸君

初次對陳董事長的認識，他常來到嘉義縣義竹國小埤前分校，喜歡和孩子說故事，一顆赤子之心洋溢校園。還有，我也間接從管區警員陳信洲先生那兒，陸續得知陳董事長照顧社區獨居老人種種的善行事蹟。這些年他更是積極，以大愛造福弱勢族群。

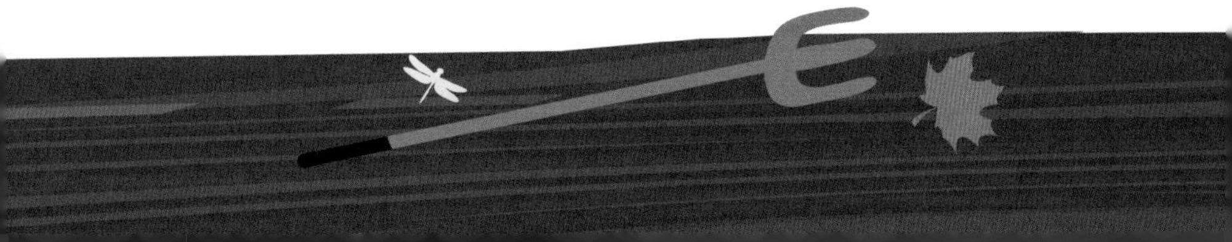

在好奇心的驅策下，我開始閱讀《命運．運命》。此書敘述著陳董事長一生：童年、成家立業、學佛。也親臨其境感受到他對嘉義縣義竹鄉埤前社區及學校，給予滿盈付出。陳董事長除了固定捐助善款和獎學金外，也大量購買約百冊課外書籍充實埤前分校的書庫、手提電腦、數位相機和單槍投影機……等，包羅萬象的課外書及教學軟體，只要是學生需求的總是有求必應。他的行動付出，讓師生感受到其個人信佛的理念執著，除了感動還是感動。

我常在想：《命運．運命》這本蘊涵生命淬鍊的自傳書，如

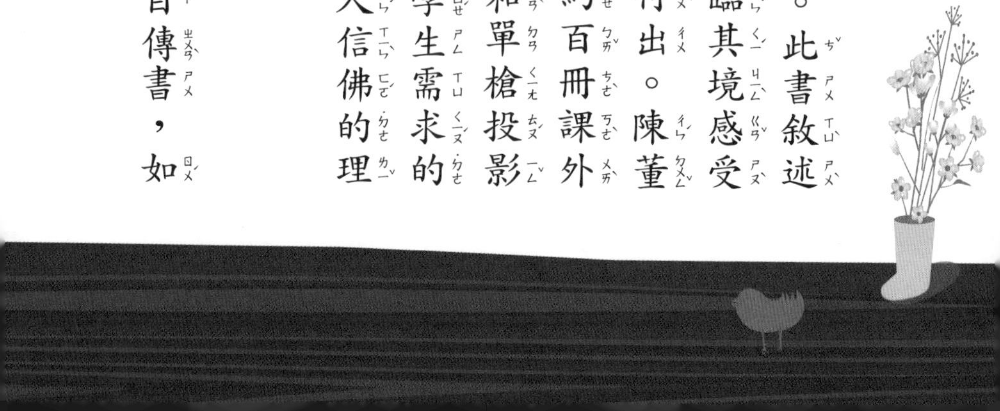

果能結合孩子的想像畫編成童書，那該是多棒的事啊！問題是？科技時代的孩子過著是「飯來張口，茶來伸手」生活，哪能體會四、五零年代艱困農業生活？屬於阿公阿嬤那般純樸勤儉的童年日子呢。

自傳書陳述著：陳董事長的童年，自國小一年級起就得分擔家事，養雞養鴨清掃豬糞的工作，上學讀書得走一小時才能到學校；國小畢業，就得放棄升學，離鄉背井到外地工作，賺取微薄薪水養家的艱辛。老師要如何引導孩子賞析和回味此書，畫出屬於四、五零年代的陳伯伯童年記趣中的成長點滴。那可是一項艱鉅的挑戰！

當我說出對《命運．運命》有特殊構想時，意外獲得同事們贊同和迴響，心底泛起無比的雀躍。由邱明龍主任的策劃，所有的老師開會討論：數位化世代的孩子成長背景與陳董事長童年的農業社會，諸多相去甚遠的環境；班導師該如何穿針引線？孩子在閱讀《命運．運命》中的童年篇章時，該如何挖掘想像創造力，躍然紙上呢？兒童畫中的意象必須能貼近是四、五零年代求學的環境呢！

幸好，老師都有拓荒者的精神，不斷的蒐集臺灣農村年代的相關照片：生活背景圖，《懷舊臺灣之旅》，古早臺灣人的生活紀實》、《臺灣鄉土：百年臺灣風土民情小百科》等等書冊……。以說故事方式引領孩子，依循想像融入四、五零年代的農業生活。也數度向藝術人文專業教師—李德明老師請益。歷經數次突破瓶頸，終於定案。

專家說：畫畫、閱讀與寫作是一連串的聯想，而這也是生活經驗中豐厚的食材，可以讓孩子學會烹煮人生一道道美味菜餚。所以運用他們所熟悉的慈善家——陳伯伯，所寫的童年求學艱困歷程故事，結合孩子的兒童畫彙整成書。期盼搭上「生命教育」的列車，達到品德薰陶目的，也是編者想要傳達編輯此書的意念。更希冀眾人閱讀文本和賞析兒童畫的同時，潛移默化感染見賢思齊奮發向上的精神。

回想，閱讀陳董事長的自傳。屢次被他超乎常人的「摯愛稚子心」感動：陳董事長的童年是處在困境中成長的，卻仍能抱持樂觀態度；他運用文字堆砌的敘述，是滿滿感激家人相處的溫情；文本內感受不到任何絲絲「怨天尤人」的嘆息，有的只是努力再努力。他秉持永不氣餒的一步一腳印扎根；做人做

事力求誠實不欺，實事求是的精神與態度，以及那份慈悲心。

延續《命運．運命》兼備生命亮光的新書——《陳伯伯的童年記趣》是一本更能貼近孩子閱讀氛圍，聚焦小讀者目光的童書，肯定是深度意義、志氣盎然的好讀物。特別值得一提，童年記趣此章節，附錄的世界展望會，陳董事長領養五十多位外國的孩子，已詮釋「愛心無國界」的名言。他的一言一行正清楚映照出對佛書鑽研用心，且實踐佛祖的慈悲心，陳董事長情真意切對孩子付出，傑出的表現，讓大家體會了大教育家福祿貝爾說的話：「教育無他，愛與好榜樣而已」的典範。於是經過義竹國小埤前分校的師生同心努力歷經一年，此本《陳伯伯的童年記趣》於焉出爐了。

大家一起來！閱讀陳董事長的童年故事，也賞析義竹國小埤前分校孩子的繽紛兒童畫。讓我們共同回味阿公阿嬤那個純樸有趣的童年咯！

自序

這本書記載了我小時候生活在農村的點點滴滴。《陳伯伯的童年記趣》是我用一整年的時間，竭盡心力，將五十年前所發生過的事，逐一回憶、整理，所完成的一本書，也是個人的回憶錄。這對一個只有受過國民小學教育的人來說，是一件非常艱難的事。因為我小學畢業時，認識的字並不多，根本無法和現在七、八歲的小朋友相提並論。然而沒想到的是，今天我以無比堅定的心念和毅力，克服種種困難，耐著性子完成五本

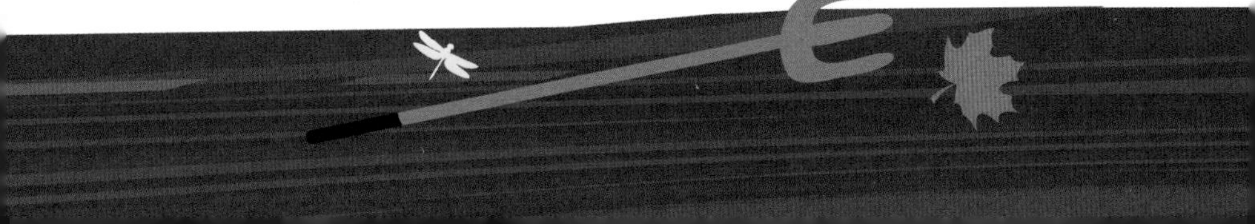

書—《命運．運命—一個鄉下孩子的台北夢》、《陳伯伯的童年記趣》、《生命之光—心靈的釋放》、《六祖法寶壇經淺譯》、《達摩大師論集今譯》。

我一生命運的坎坷多舛，發生了很多預料不到的事，甚至無法想像我有過三次瀕臨死亡的經驗，包括我剛要演出精彩人生時，就差點被病魔打倒。躺在台大醫院急診室裡，名醫判了我死刑，面臨死亡的那一刻，心裡想著一定沒有機會活著回家了。但幸運地出現奇蹟，化險為夷，且恢復了健康。工作上也經營了三種自己不曾料想過的事業，幸好，沒有讓家人失

望，雖然不是很大的成就，可是自己還算滿意。我一生命運的變化，直到現在連自己皆難以想像，這是真的嗎？宛如在夢境中。

當我在最艱苦的時候，就許了一個願望：如果能渡過難關，將來一定要把自己如何克服困難的經驗，寫成書和現在的年輕人分享。因為那些苦難的經驗，教會我：做人不可心存僥倖，一定要腳踏實地、一步一腳印、誠心待人、努力付出，最後才能成功。

　　年輕人看了我寫的《陳伯伯的童年記趣》，可能會心存疑問：「書裡寫的是真的嗎？」我不是小說家，也非編劇家，不會編造故事，絕無造假之虞，我寫的句句真實。這是我一生做事的原則：就是實事求是。

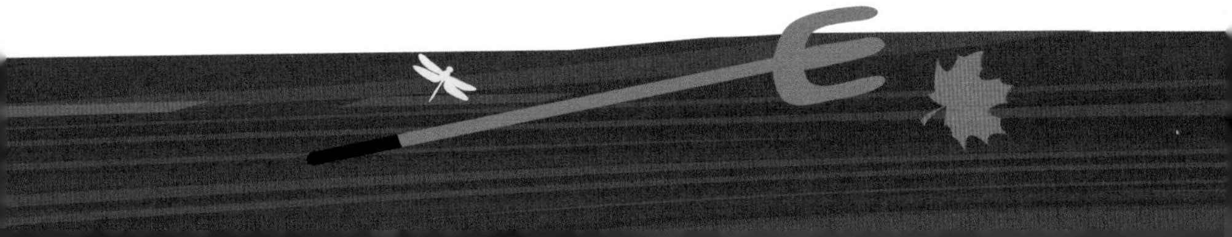

目錄

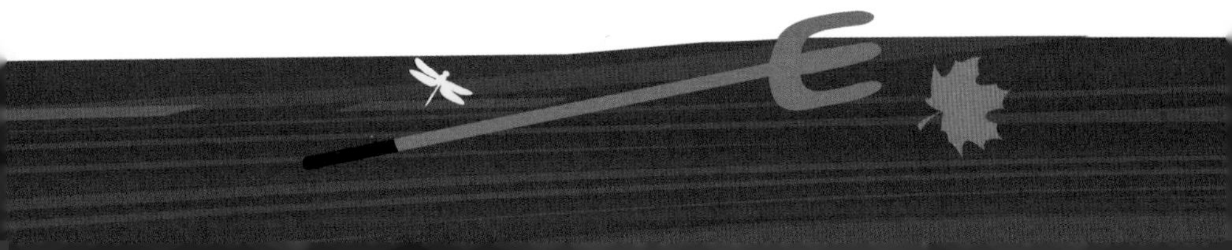

生活篇 122

家人篇 146

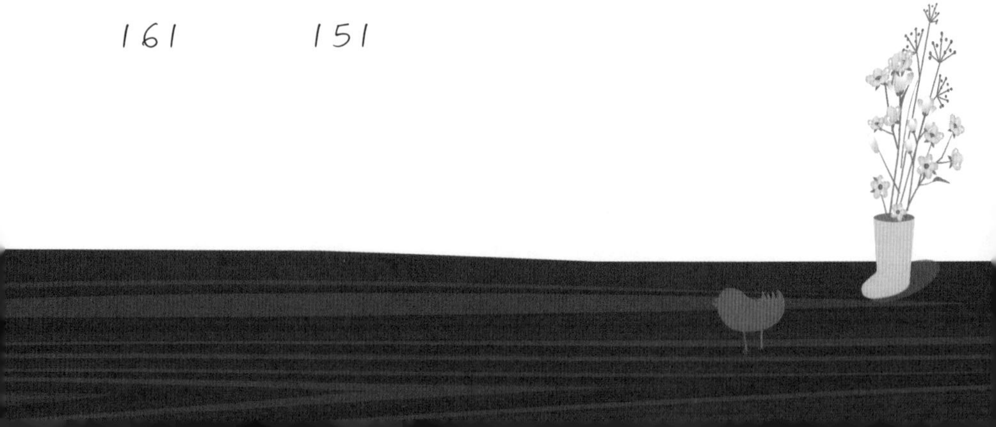

衣服篇

上學篇

工作篇

婚姻篇

台灣世界展望會

感想篇

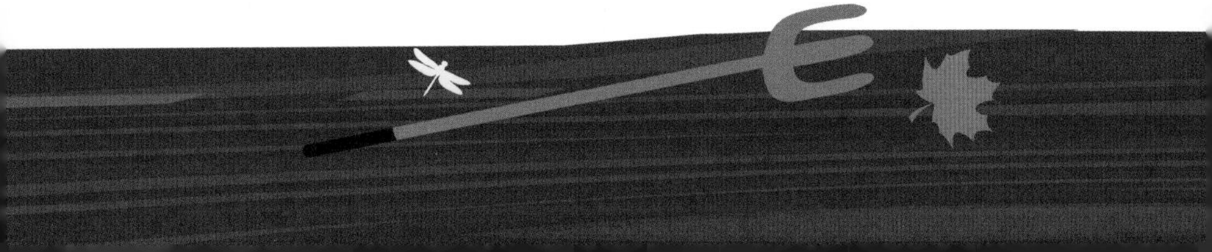

家事篇

尋找細細的幸福—鵝花草

標榜資訊科技二十一世紀的今天，大多數六、七歲大的小孩，除了要上幼稚園，課後還要忙著學鋼琴、才藝和英文……，晚餐可能就選擇在麥當勞或肯德基了。

對應我的童年，他們或許覺得新鮮、好玩，但是，物質上的匱乏，讓一個才六歲大的孩童，不僅要照顧妹妹、打掃家裡，還要到田裡去幫忙除草，現在回憶往昔或許覺得甘美，但是，當時的我卻是……。

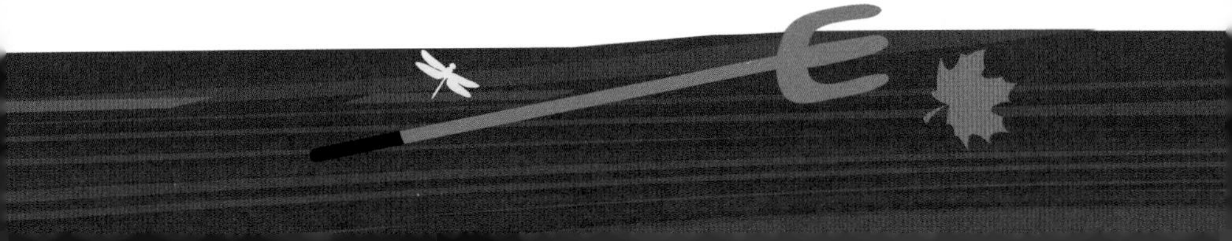

我自幼生長在臺灣嘉義，一個非常困苦的家庭；典型的四十年代農村形態，每戶人家都養雞、鴨、鵝，但這些雞、鴨、鵝並不是養來宰殺、加菜、祭五臟廟的，而是論斤秤兩的賣，換取金錢來貼補家用。

二年六班　陳怡靜　指導老師　翁椗霙

三年六班 王柏誠 指導老師 張逸君

剛孵出的小鵝要吃一種叫「鵝花草」的植物，這種鵝花草大都長在田畔或水溝附近，莖枝細細長長地，我每天提著竹子做成的小籃子到田畔的水溝，小心翼翼地找尋比較鮮嫩的鵝花草。

三年六班 邱旻靚 指導老師 張逸君

三年六班 陳建彬 指導老師 張逸君

夏天，還可以在清澈的水溝裡洗洗手腳，自得其樂。到了冬天，因為沒有高山或高處可以擋風，身上僅穿著幾件單薄的舊衣，根本無法對抗凜冽的北風，臉頰和腳趾總是凍到紅僵又刺痛，可是為了要把小雞、小鴨、小鵝養得肥肥壯壯地，還是得摘足了滿滿一籃子的鵝花草才可以回家。

除了張羅食物外，也要負責照顧牠們的安全，白天要全神貫注地看顧牠們的行動，不可以讓牠們離開我的視線，以免走失了。晚上又害怕被小偷偷走或被大狗吃掉，所以要趕進籠子裡關好，隔天早晨再放出來，對於才六、七歲的我來說，每天要照料這麼一大群的雞鴨鵝，真的是一件非常浩大的工程！

三年六班 黃昱嘉 指導老師 張逸君

看著小雞、小鴨、小鵝，一天天白胖胖地長大，讓我覺得很有成就感，雖然自己付出了許多心力去照顧，卻無法享受那極其難得美味的「肉」，來滿足自己的口腹之欲，但心裡不曾有過怨言，因為當我看著父母賣掉牠們時，用手指沾著口水數著鈔票，浮現笑容的臉龐，欣慰就已滿滿的佔據了我的心頭了。

分擔家事養家禽，賣掉換錢好心情。

三年六班 黃姵蓁
指導老師 張逸君

三年六班 蔡佩怡
指導老師 張逸君

五年六班 黃婷渝 指導老師 吳英鈴

除草抓蟲不畏苦

中年以後有緣接觸到佛法，常從經典中讀到許多高僧的故事，其中讓我最敬佩的就是六祖惠能大師。惠能大師自幼喪父，家境貧困，小時候就得上山砍柴，賣柴養母，打理家庭。每次想到

二年六班 李欣倖 指導老師 翁榳霙

他的故事，就讓我回憶年幼時到田園幫忙家人除雜草、抓害蟲、或者把歪倒的農作物扶正……等等農作的情景。

在那個年代不僅肥料缺乏，又沒有農藥可供滅除害蟲，有些農作物被害蟲吃掉大部份，相較於現在有農藥、又有肥料可施，當時的收成量可能比今天的五分之一都不到。農人們常在炎熱的大太陽底下或寒冷的冬天裡除草、抓害蟲，夏天汗如雨下、身體長滿了汗斑，冬天手腳裂到齜牙咧嘴地痛。每一季要重覆二、三次這種工作，真的非常辛苦，如果沒有親身經歷，是無法感受那種苦的，而我小時候也要幫忙家裡操持這樣的農務。

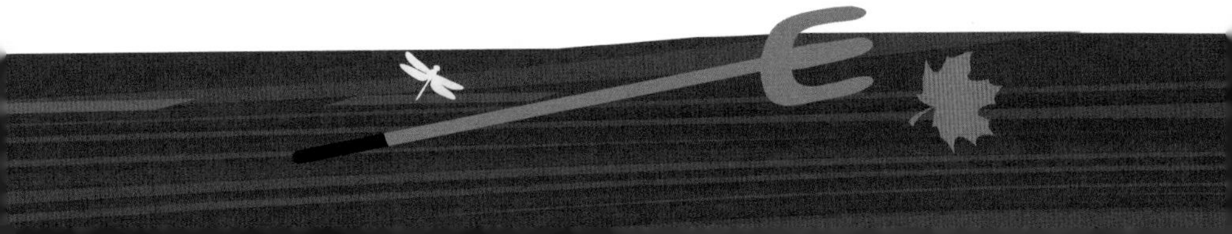

以前農田灌溉系統不好，沒有大的水庫，種田稼地很艱難，完全要靠天吃飯。如果天公不作美，雨量不足，或雨水時多時少，農作物收成有可能減少三分之一的產量。

如果遇到旱災或颱風，常常連成本都收不回來地

二年六班 陳怡靜 指導老師 翁榳霙

叫苦連連。農人對農作物的採收成果非常重視，這是他們生存的命脈和依靠，猶如生命的泉源。收成一不好，生活便馬上陷入困境！

記得小的時候，時常聽到父母親的對談，常常擔憂著農作物的收成不好，萬一遇到天災蟲害讓作物受損，全家人都會很難過。雖然當時年紀還小，可是心裡也和父母親一樣擔心。遇上水災或颱風來襲時，為了保護農作物不要損失慘重，小小年紀的我也只能冀望家裡供奉的神明了，時常獨自一個人，站在家裡的神明桌前，向神明祈求：保佑我家的農作物能避免損害。

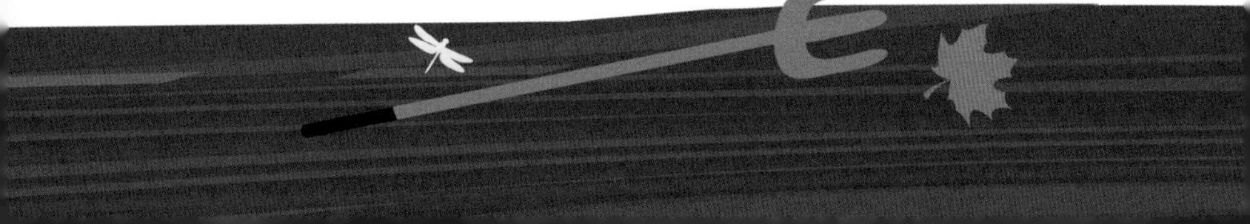

我的記憶中村裡的某些人，如果農作物受到天災而全毀，一點收成都沒有，就必須向鄰居借貸糧食來過日子，等下一次農作物收成時，或做臨時工賺到錢，才有能力還給鄰居，鄰里間的互助，在那苦難的年代，也顯現民風的純樸和人情的敦厚！

幫忙除草抓害蟲，不怕辛勞做苦工。

斤兩必爭的豬

民國四十年代的農村，農作物的肥料大部份都靠收集豬的糞便，所以豬的糞便對當地農民來說，是一項重要的資源回收。

我們家也有養豬，收集豬糞並不困難。一說到養豬，就讓我想起小時候，晚上也要幫忙切豬菜（地瓜葉是當時豬吃的主要飼料），切完後再拿到很大的鍋鼎裡煮。煮東西都要注視著灶窩、看著火，視線不可以離開灶爐，不然鍋鼎內的水很容易溢滿出來，並且還要不斷的放葉梗進去燒，大約一個小時才能煮熟。

那個沒有瓦斯的年代，煤炭要花錢買，大戶人家或城市的人，才買得起煤炭生火。我們是農村的小農家，生火只能用甘蔗葉、黃豆梗、玉米梗或枯乾的樹枝，這些材料在農作物收成後，就可以撿拾、集中起來曬乾，因此可以省下燃料費，有時候現成的燃料不夠用，我還得到外頭另外尋找和撿拾，以補貼不足。

一隻豬大約養了八、九個月就能賣掉。當豬已經長得肥肥

三年六班 王柏誠 指導老師 張逸君

四年六班 陳沛璇 指導老師 林惠玲

胖胖時，豬販仔(專門買賣豬的商人)消息特別靈通，都會知道哪戶人家有豬要賣，就會自動找上門來。雙方先談好價錢，論斤論兩議價後，豬商會預付訂金，卻不會事先告知哪一天要來「牽豬」。

豬販仔通常在晚上十二點就來「牽豬」了，兩眼緊盯著豬，

二年六班 李易修 指導老師 翁椀霙

不讓我們餵牠吃任何東西，等過了七、八個小時後，讓全部的豬都排完糞便後才過磅。這是豬販仔的權利，也是當時交易的慣例。那個年代，豬肉很貴，豬販仔為了怕吃虧，怎麼肯讓養豬戶把豬餵飽了再過磅呢？如果不是親眼目睹，吃飽的豬可以多上三、四公斤的體重，真是難以想像豬的食量竟然是那麼大！因此豬販仔都把豬看得很緊。到最後過了磅，看到豬販付給母親一大疊的鈔票，母親開心的數著錢，我們也跟著歡天喜地。

童年時候，看到父母親高興的表情，我也跟著開心，如果父母親不稱心，我們也會跟著不愉快。如此父子連心的親情及反應，深深烙印在我的腦海裡。

當我為人父時，有一次女兒犯錯，我講道理、解說、分析給她聽。結果她哭了，這表示她明白了「錯」的原因，也同意我說的話，因此很快就改正過來。我當下就體會愛的教育是最佳的武器，所以我從沒打過小孩，或在他們面前表現出很不高興的樣子，就是希望自己小時候的陰影，不要再影響下一代，我認為愛的教育是正確的，應該讓孩子快樂的成長。

樹枝生火煮豬菜，稱斤過磅好買賣。

五年六班 李奕翰 指導老師 吳英鈴

四年六班 李嘉軒 指導老師 林惠玲

一粒黃豆的價值

以前採收農作物僅能仰賴人力，不像現在有農耕機可以使用，一台農耕機可以抵過幾十人的工作量，既實用又有效率。各種農作物的採收，我覺得最辛苦的工作是剝黃豆殼，因為黃豆採收回來後，要先放在有水泥或磚頭的晒場上晒乾，然後頂著酷熱的正午太陽，腳踩

三年六班 王柏誠 指導老師 張逸君

著熱氣騰騰、發燙的地面，用木棍不斷的敲打黃豆外殼，才能讓黃豆仁彈跳出來。

三年六班 邱旻靚 指導老師 張逸君

三年六班 黃姵蓁 指導老師 張逸君

三年六班 彭國維 指導老師 張逸君

這種工作做不到三、五分鐘就揮汗如雨，真的非常辛苦。有時候遇到雷陣雨就麻煩了，臺灣南部夏天的午後，一聽到打雷的聲音，天色就迅速變黑，接著一陣風起雲湧，馬上就下雨了。所以我們要以極快的速度、趕緊收拾好鋪在磚頭上晒的黃豆，絕對不可以被雨淋到。如果被雨淋溼，需重覆再晒好幾遍，如果沒有晒到乾透，黃豆會發霉或長芽，就賣不出去而損失慘重了。

除了剝黃豆殼以外，剝玉米粒和銼地瓜絲，也是非常辛苦的工作：左手拿著玉米，右手握著起子，要用很大的力氣才能

三年六班 黃昱嘉 指導老師 張逸君

剝落一排排的玉米。如果起子使用不當，右手很快就起水泡。雖然很辛苦，可是大家還是很高興的剝，因為這是農人的主要收入。銼地瓜絲的工具是一塊有很多個金屬斜細齒做成的銼具，因為很尖銳，所以要特別小心。右手拿著地瓜往斜細齒上來回的銼，很快手臂就麻木了，如果精神不集中，手很容易被銼到受傷而流血。

當時機械不發達，因此農作物從採收到加工，全都仰賴人力，雖然備極辛酸，但全家人胼手胝足的凝聚力，和在吃苦中得到的學習經驗，在日後更顯得彌足珍貴。

頭頂烈日剝黃豆，揮汗如雨苦無風。

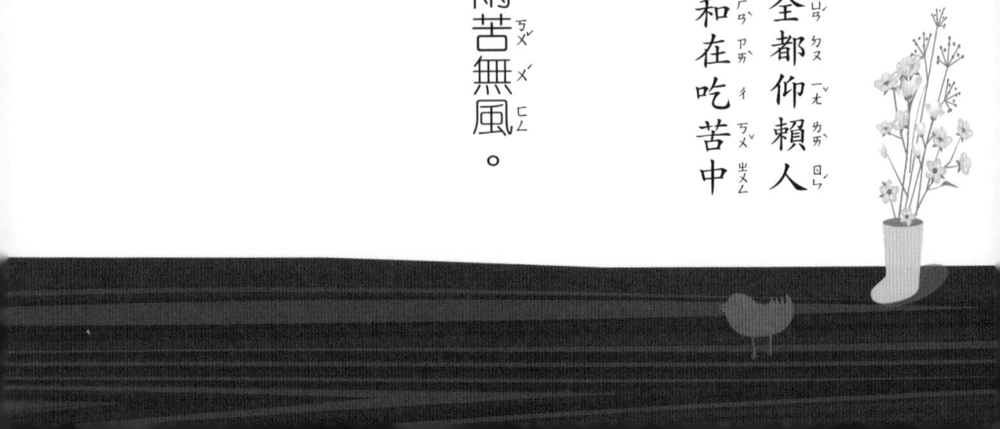

不起眼的黃金—地瓜

我們是小戶人家，耕種的土地面積很少，通常很快就可收割完成。在休耕空檔時間，我會到田裡去撿拾地瓜、花生、稻米等等。當村裡的大戶人家在收成的季節，會招募很多臨時工人幫忙採收地瓜、花生或割稻子等。主人自己也會下田工作，一邊工

三年六班 邱旻靚 指導老師 張逸君

作，一邊注意農作物有無被別人拿走？

農田主人有兩種，一種是慷慨的地主，在收割的時候，我們可以下田撿農作物，雖然不可以靠近收割的臨時工，只能在他們的後方等著，等到臨時工已經離開農作物有一段距離後，我們就可以把這些不小心遺漏在田裡的地瓜、花生等等帶回家。地主即便看到了，只要不撿拾靠近他們身邊的農作物，多半不會追究。

二年六班 李欣倖 指導老師 翁榳霙

另一種主人比較小氣，當我們太接近採收的工人時，農場主人會說：「你不要靠過來，等一下再撿。」有些主人只是嘴巴講講而已，可是有些地主會生氣到抓起泥土往你臉上丟，大罵髒話。我們為了要得到一些農作物，總是小心翼翼，先退遠一點，觀望一下，再繼續撿拾。

也有小氣的地主，收割時根本不讓村裡的孩子們下田撿拾，所以，當他們收工回家後或隔天，我們還是會偷偷地跑去撿。記得有一次，我撿到一個大地

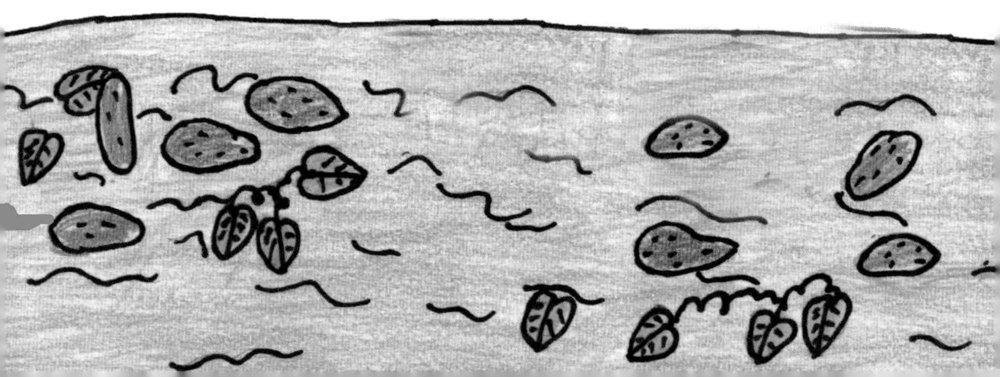

瓜，高興到嘴巴合不攏，很不幸地被主人發現，大地瓜又被要了回去。一瞬間，我的心情變得非常沮喪，如果沒被發現、沒要了回去，把大地瓜帶回家讓母親煮一頓新鮮的地瓜飯，全家人一定會非常高興。

小時候除了常到田裡撿拾農作物，還會撿樹枝、牛糞。牛糞有兩種用途：一是晒乾後可當燃料，二是可以當肥料。當時農作物的肥料很缺乏，大部份都依靠豬、牛、人的糞便。把糞便埋在玉米梗、甘蔗梗或稻草的

四年六班 陳沛璇 指導老師 林惠玲

下面，經過發酵可以製造更多的肥料。大約三、四個月後，就可以用牛車載到田裡去施肥了。

小時候撿拾牛糞和樹枝只能當肥料，可是如果撿到可以回收的廢棄物，就可以直接換到錢或換取好吃的柑仔糖。我曾

四年六班 黃淳珅 指導老師 林惠玲

四年六班 陳鈺潔 指導老師 林惠玲

三年六班 蔡佩怡 指導老師 張逸君

經努力試著去撿破玻璃瓶(當時廢棄物也只有破玻璃瓶)，可是找很久都沒找到，只好放棄。因為當時物資十分匱乏，如果家裡有個空鋁罐或玻璃瓶，都會非常的珍惜，不可能隨意丟棄。不像現在到處都是塑膠袋、紙袋、報紙、保特瓶、空鋁罐，如果五十年前就有這些廢棄物，我一定高興得如獲至寶、立刻撿回去賣錢。

這些小時候的舊事，當時雖然有點辛苦，但日後回想起

三年六班　王柏誠　指導老師　張逸君

來，那些辛苦都成了日後的回憶，豐富了我的人生。

小心翼翼撿地瓜，農田主人罵髒話。

三年六班 彭國維 指導老師 張逸君

四年六班 李嘉軒 指導老師 林惠玲

農村生活中的禁忌

殺豬的代價

在那個年代，自己殺豬是犯法的。當時政府課徵很重的「豬仔稅」，殺一頭豬大約要繳一、二百元稅金（那個時候，工人的工資一天大約只有十至十五元）。

如果偷殺豬被抓到就要坐牢，又要罰款。據我所知，村裡的人都不敢偷殺毛豬，只有生病死掉的小豬，才敢宰殺來自己吃。

四年六班 李昱賢 指導老師 沈美慧

當時物資很缺乏，平常要吃塊肉，都要等到過年或拜神祭祖的時候才有機會。所以即便是死豬，大家還是吃得很高興，但是父母心痛得很，因為又少一頭豬可以賣了。如果大一點的死豬，還可以剁成塊，便宜賣給鄰居，回收一點本錢。不過賣死豬肉依然要很小心，萬一被警察發現，一樣要坐牢的，所以大家都不敢明目張膽做這種事。

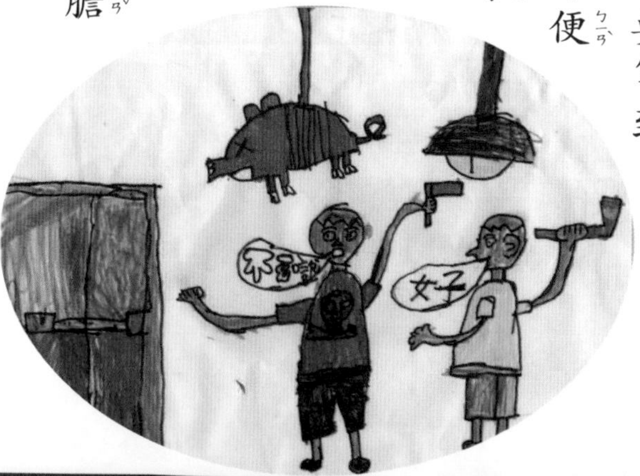

四年六班 鄭仁豪 指導老師 沈美慧

合法殺豬的程序，是要運到當地政府機關的指定屠宰場，先繳稅，然後蓋稅章在豬皮上面，以方便辨認。由於當時沒有像現在方便運豬仔的交通工具(運豬要有大的貨車，當時農民只有牛車)，再加上繳稅的手續繁雜，因此養豬人家才都把豬仔賣給豬販仔。

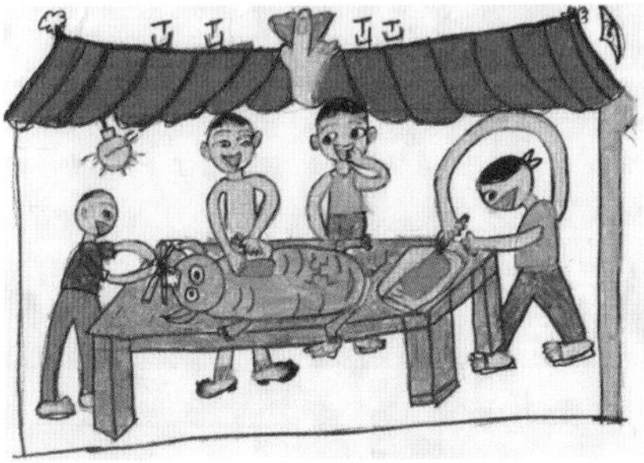

三年六班 陳怡靜
指導老師 蔣幼如

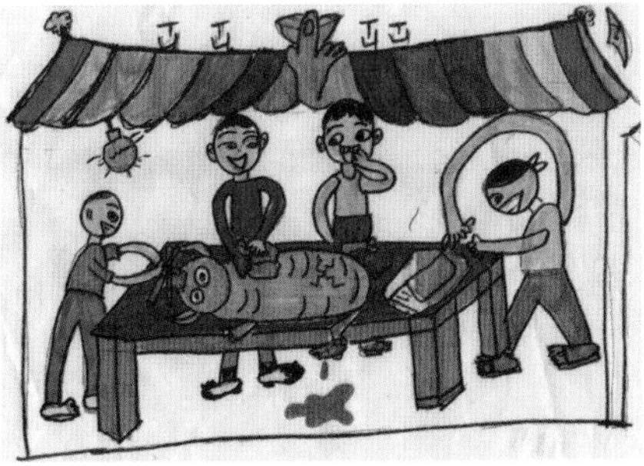

四年六班 陳建彬
指導老師 沈美慧

養豬是農人最喜愛的副業，可是必須先投資一筆金錢，而且要先找到合適的地點，然後還要以磚頭蓋豬舍才牢固。當時磚頭非常昂貴，很多農人想要養豬，可是缺乏資金而無法如願。如果用竹片蓋豬舍，當小豬長大一點，很容易跑出去外面，可就麻煩了。

三十年代農村很多房子都以夯土或竹片蓋的，磚頭算是高級建材。連蓋房子的磚頭都買不起，還肖想要蓋豬舍？所以，想要養豬，還真的是困難重重！

守法繳稅心自在，老實遵規無罣礙。

四年六班 黃昱嘉 指導老師 沈美慧

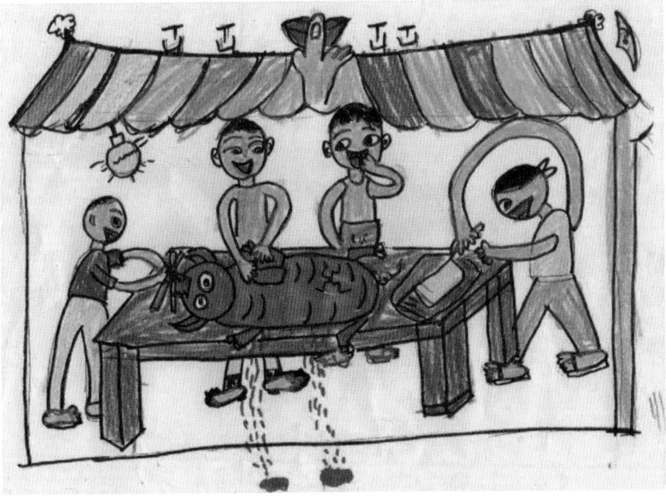

三年六班 李易修 指導老師 蔣幼如

窮苦人家的無奈—買賣私鹽

在四十年代，物資非常缺乏，尤其生活在農村，和現在相比，豈止天壤雲霄的差別而已。記得有一天早上，天還沒亮，大約四、五點鐘我起來小便的時候，看到一個人挑著一擔鹽，用很快、很急的腳步衝進我家的廚房來，壓低著嗓門和母親講話，我幾乎聽不到他們在說什麼。母親迅速地從

三年六班 陳怡靜 指導老師 蔣幼如

廚房裡拿出一個甕子，裝滿鹽之後就算錢給那個人，他又以很快的腳步離開，瞬間消失在黑暗中。

當時我也不敢問母親是怎麼一回事？只感覺那種行為很奇怪，讓小小年紀的我百思不解？等我後來懂事，才了解原來那是偷賣鹽的人，難怪他們交談的聲音像蚊子一樣的小聲。

那年代，賣鹽要有執照，無照偷賣若被警察抓到了，必須要罰錢或坐牢的。鹽是生活必須品，醃漬

四年六班　黃昱嘉　指導老師　沈美慧

四年六班 邱旻靚 黃姵蓁 指導老師 沈美慧

脆瓜、蘿蔔、黃豆、豆乳等等都需要鹽來當主要材料，所以，每戶人家的需求量都很大。

大家為了省錢，只好常常偷偷地買「黑市鹽」，價格比官方合法的鹽便宜一些。當時無照賣鹽、或在自己家裡殺豬、還有吃黃皮甘蔗等行為全屬犯法，因此不管大人或是小孩，只要見到警察，都非常的害怕。

所以常聽到小孩在哭鬧不停時，大人就會說：「不要哭了，否則叫警察來抓你。」而正在哭鬧的小孩，多半會立即停止哭鬧。可想而知，當時老百姓對警察的態度，是何等的害怕和尊敬！

爲求省錢買私鹽，害怕警察來巡檢。

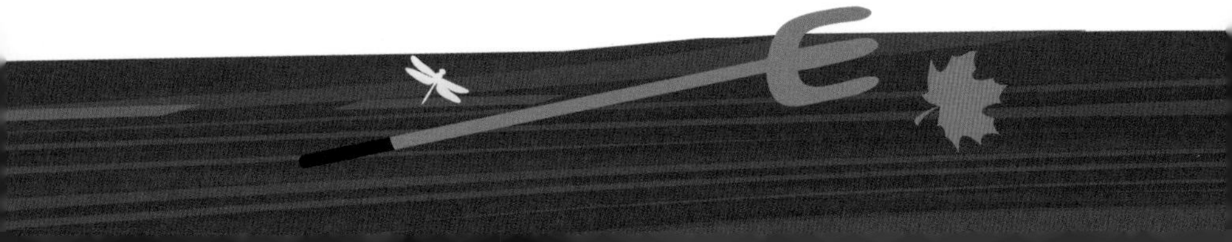

四年六班 陳沛璇 指導老師 林惠玲

糖的母親─甘蔗

小時候，甘蔗園種植的黃皮甘蔗是蔗糖的主要原料，也是我們國家最主要的外銷農產品之一。當時沒有高科技或其他的好東西(經濟作物)可以外銷賺取外匯，全靠甘

五年六班 李奕翰 指導老師 吳英鈴

蔗糖。因此政府對甘蔗產量非常的重視，就連農人自己種的甘蔗也禁止偷吃，必須全部繳交給糖廠生產各式各樣的食品用糖。

缺乏物資，更沒什麼零嘴，要抗拒那香甜美味多汁的甘蔗，真是痛苦！所以，偷吃甘蔗時都躲進甘蔗田裡面，吃飽後再出去，這樣比較不容易被警察抓到。如果在家裡吃，還得把門關上才敢吃呢！哪像現在到處都可看到販賣甘蔗、甘蔗汁的攤販。

其實採收甘蔗也是很辛苦的工作。那個時候我年紀小，沒有力氣幫忙採收。當時一般做工工人，工資一天才十元，而且工作的機會不多，一個月能做上三、五天就很不錯了，很多人想認真工作賺錢，只是都苦無機會。

我姊姊很喜歡採收甘蔗，而且是箇中高手。雖然採甘蔗粗重又耗體力，但是工資相對的比較高。我還記得姊姊凌晨四點就起來上工，要到傍晚太陽下山才回來。這一天下來可以賺到新台幣十五元，這可是最高的工資，每年她都有連續二、三個月的工作機會，每次她都興高采烈地去採收甘蔗賺錢。姊姊非常孝順，做工所賺的錢一分都不留地、全都交給父母，我們家的生活就得以改善一些。

她是我最尊敬的大姊，大姊不只孝順父母，對弟妹也非常的照顧。我還記得她出嫁時，我們家境經濟條件差，母親只能給她二百元當做嫁妝，大姊全心為父母、為弟妹著想而毫無怨言。每回想到這件事，我心裡除了感謝大姊照顧的恩情，也非常不捨她為我們的無私付出。

生產報國賺外匯，採收甘蔗好機會。

食物篇
ㄕˊ ㄨˋ ㄆㄧㄢ

粒粒皆辛苦的盤中飧

農作物收成的期間即是農人最繁忙的時候了。採收農作物，通常是一至兩個星期內就要完成，如逾期了還採收不完，農作物可能會長芽，後果就不堪設想了。每戶人家播種時間不同，當然採收時間也有差異。

一般小戶人家都以互助合作方式，大家輪流一同採收，先到

四年六班 邱旻靚 指導老師 沈美慧

甲家再採收乙家，這樣既可避免延誤了採收期，又可省去工資，再者是互助合作的關係，工作的態度當然比較細心認真，符合方便又實惠的經濟效益。

一般請人來幫忙割稻，主人必須供應一頓白米飯給幫忙採收的人當做早餐。凌晨天未亮，三、四點時就先吃早餐，然後到田裡開始割稻，到了上午八、九點又供應瘦肉粥當點心，中午十二點回來，又有

三年六班 黃詮鈞
指導老師 蔣幼如

四年六班 王柏誠
指導老師 沈美慧

白米飯吃。當時，心中真的好羨慕，只要幫忙割稻就可以吃到白米飯和瘦肉粥。

在我的記憶中，十一歲的時候，為了想吃白米飯和點心，就毛遂自薦幫忙鄰居割稻。那天，我凌晨三點就起床了。到了稻田，天還沒亮，伸手不見五指。這是我第一次割稻，果然不到十分鐘，就出事了……我竟然把自己

四年六班 黃姵蓁
指導老師 沈美慧

的無名指割下一小塊肉。當時有點後悔，為了「吃」竟然付出了這麼大的代價。幸好當時姊姊也在現場，她把頭上的包巾取下來，撕下一塊布幫我包紮，我只好又無聊又痛的坐在田畔，等到中午大家收工後再一起回家。

走路回家時，心裡非常高興，已經忘記了那削去無名指一小塊肉的錐心之痛，因為，中午有白米飯可以吃囉！

爲了一餐白米飯，毛遂自薦幫割稻。

四年六班 李昱賢 指導老師 沈美慧

農人的主食─地瓜

回憶童年家境困頓，父母買不起白米，所以三餐都吃地瓜飯或地瓜乾飯，讓我吃到有點害怕。所謂的地瓜乾是把生的地瓜銼成絲，然後晒乾屯積起來，如果採收地瓜的季節過了，就吃不到新鮮地瓜，因此只能吃到地瓜乾飯。

地瓜乾分為兩種，一種是挑選比較大又好的地瓜銼成絲，然後晒乾屯積起來，這種是給人吃的；另一種是較小的或被蟲吃掉部份而有瑕疵，像這種地瓜乾是給牲畜吃的。

如果有白米飯也是給一兩歲的小孩子吃，除了很小的孩子外，只有年老的長輩或生病者才有一碗白米飯吃。當時能夠吃到白米飯非常難得，但是有一個好方法，可以讓全家人都嘗到白米飯的味道，就是把白米放在地瓜的正中央一起煮，這樣旁邊煮的地瓜飯也有白米飯的香味。

除了吃地瓜飯，日常生活還吃自己醃漬的蘿蔔、豆乳，有時偶爾也會買鹹魚乾，但每人一次大約只分配二、三錢重一塊可以吃。蔬菜方面，農村種植的大多是高麗菜、空心菜、青花菜，因為這幾種菜比較不怕蟲害。家裡為了節省，如果這餐有高麗菜或其他的蔬菜，就沒有魚乾可吃！

回想當年農村窮困的生活，那些當時我們吃到怕的地瓜和蔬菜，現在竟然成了專家們推薦的養生健康食物，真是令人難以置信！

三餐地瓜記憶新，難得吃口白米飯。

四年六班 邱昱禕 指導老師 沈美慧

四年六班 蔡佩怡 指導老師 沈美慧

豬肉的滋味

二年六班 陳芝樺
指導老師 施雅文

吃飯時，母親分配鹹魚乾給我們，大家都計較別人分到的比較大塊，自己分配到的比較小塊。有時候計較到爭吵起來，鬧到不可開交，每當為吃起爭吵就會被母親修理。現在回憶起當時的景象，真是好笑又可愛！

以前小孩子很喜歡過年或拜神祭祖，因為每當這個時候才有機會，可以吃到一塊肉

四年六班 曾哲偉 指導老師 沈美

或魚。有一次，母親在祭神後，分配五花肉給我們，再將剩下的肉藏在竹子做成的餐櫃裡(俗稱菜櫥仔)，被我看見。當沒人的時候，我偷偷地拿出來吃掉一塊，又把剩下的三塊放了回去。

我心想：只偷吃一塊五花肉，母親可能察覺不出來。隔天，母親卻直接抓包：「少了一塊肉，是不是你吃掉的？」我默認了。還好，母親似乎也沒生氣，真是「好加在」！

現在，小孩子也很計較吃的事，為了吃的事而煩惱。但和過去不同——現在是父母要你多吃一點，小孩子則計較要少吃一點。三、四十年代，幾乎見不到胖胖的小孩。以前的人大部份都是因為營養不良而生病，現在的人卻是營養過剩而就醫。

年紀大了，我體悟到以前人是沒得吃而「心」苦，現在是有很多好東西吃，可是卻只能看而不敢吃。更「心」苦的是我常走進西點麵包店，轉了好幾圈，見到很多好吃的麵包、蛋糕，可是不敢買而走出來。因為我的血糖高，醫生建議盡量少吃醣

類或澱粉的食品。沒錢買東西吃很痛苦，有錢不敢買東西吃，心更痛苦！

兒時饞嘴偷吃肉，老來多病難享受。

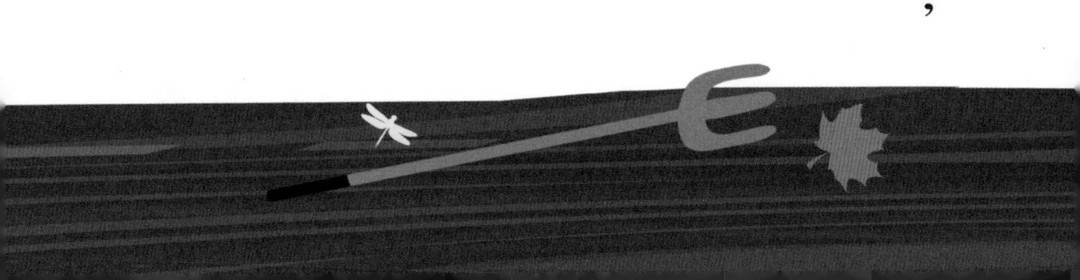

三年六班 李易修 指導老師 蔣幼如

四年六班 黃勛澤 指導老師 沈美慧

二年六班 邱昱晴 指導老師 施雅文

玩樂篇

SOS
水深!!
救生

一年六班 邱昱晴 指導老師 王藹仙

池塘戲水險象生，死神第一次來敲門

童年的時候，父母對小孩的管教很嚴格，基於生命安全，不准小孩子亂跑出去玩，父母的限制雖然嚴，但偶爾還是會發生很驚險的事件。

有一年夏天，在炎熱的中午，我跟鄰居一位玩伴，背著父母，偷偷的到池塘去游泳(父母親嚴禁小孩自己去游泳，所以只能偷偷跑去)。那時我只能游二、三公尺遠，也不知道用的是哪一種游泳方式？只知道頭能浮出水面就好了。那天跟我去

的那個玩伴不會游泳，他原本只要泡泡水就好，那知站個不穩忽然滑倒了，剎時掉進水潭深處。剛要掉下去時，他一緊張右手剛好抓到我的右手，於是兩個人緊緊握住對方的手，在這生死一瞬間，兩個人一起往下沈。我很用力地想拉起他，但力氣

一年六班 鄭淑娟 指導老師 王藹仙

一年六班 陳芝樺 指導老師 王藹仙

太小，很快又沈下去，如此來回二、三次後，力氣已經用盡了。酷熱的中午，根本不可能會有人來池塘附近的，我心想，這下死定了！

就在這個時候，突然有一塊木板出現在我眼前，啊！有救了，我立刻用左手臂挽著木板，右手拉著他游上岸。上了岸，兩人很快離開池塘邊，跑到不遠的地方，才想到光著身體連褲子都沒

一年六班 陳冠佑 指導老師 王藹仙

一年六班 黃柏誠 指導老師 王藹仙

穿，又趕緊跑回去穿上褲子。這塊木板是村裡婦人用來洗衣服，遺留在池塘內的，為什麼突然漂浮到我的身旁，到現在還是個謎？但事實是這塊木板救了我們兩人的命，受過這次教訓，從此以後，再也不敢沒有大人的陪伴，自己跑去游泳了。

父母嚴教有義方，珍惜生命勿貪玩。

農村童趣─玩黏土、捉蟋蟀

四十年代，似乎家家都「增產報國」，每個家庭都有七、八個小孩。當時的小孩子們，夏天大部份不穿上衣，只穿開襠褲。那時候沒有玩具可以玩，也沒看過玩具長什麼樣子。

童年最熟悉的玩具就是黏土。黏土拿來當玩具的材料，不僅可以隨意

二年六班 李欣倖 指導老師 翁榳霙

二年六班 李佳燕 指導老師 翁椗雯

搓、捏，還可任憑想像，做出各種造型，又可重覆擺弄，是玩不壞的。黏土哪裡來呢？從乾涸的池塘裡就地取材，愛挖多少就挖多少，是大自然的珍品，免費奉送。

最頂級的玩具則屬橡皮筋和玻璃彈珠了。童年時難得有零用錢，遑論購買玩具，所以都是以物易物的交換方式，或者以願賭服輸的方法，就是把一角錢硬幣直立，再放在硬地上旋轉，猜它停止時是正面或反面，輸了就要把橡皮筋或玻璃彈珠給贏的人。也有直接把一角錢急速往空中拋，在它往地面掉落時，以右手快拍、覆蓋整個錢幣在左掌上，猜測是哪一面朝上再定輸贏的方式。

這兩樣遊戲還有其他方式賭輸贏，橡皮筋的玩法，是把橡皮筋放在左手的中指，用右手拉長，放開後彈射，射得最遠的就是贏家。玻璃珠的玩法也是比擲或彈，距離最遠的就是贏

六年六班 翁俊期 指導老師 張芳萍

家。大家都玩得不亦樂乎！從頭到腳都是泥土和灰塵，臉上還有白白的粉末，看起來就像是歌仔戲中的演員。

夏天，如果天氣涼爽的話，心情就好像要去郊遊一樣，因為我可以利用找尋鵝花草的空檔去捉蟋蟀。當我以很快的速度，把籃子裝滿了鵝花草後，就可以開始捉我最喜愛的蟋蟀，帶回去和朋友們玩鬥蟋蟀。這是小時候最酷的遊戲，鄰居的小朋友也會來圍觀或加入，大家都玩得不亦樂乎！

回想當時的孩子，在物資極度缺乏的情況下，還是能自由

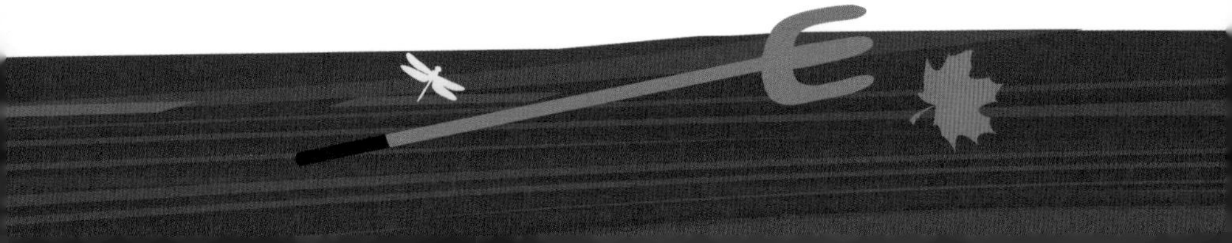

自在的玩耍，那種滿足、快樂的表情，在現今的孩子臉上根本看不到。當時的孩子只能求溫飽，哪來什麼錦衣玉食，就連收音機也沒看過，甭提個人電腦、MP4了。

現在的孩子有很多事要做，要上學、要補習學科、要學第三種、甚至於多國語言、要學才藝、技能，樣樣都要花很多時間。每個父母都想要孩子不要輸在起跑點，樣樣得第一，光耀門楣。物資上雖然豐富了，但心靈上呢？孩子的自我空間呢？

童玩黏土造人型，欣然忘食鬥輸贏。

二年六班 陳怡靜 指導老師 翁榳霙

二年六班 邱旻萱 指導老師 翁榳霙

二年六班 陳怡靜 指導老師 翁榳霙

一角錢的幸福（一毛錢的幸福）

想起村裡那家雜貨店賣的東西雖然沒有幾樣，根本無法和當今的便利商店、超級市場的琳瑯滿目相比擬。但是，當時賣的那幾樣東西，至今仍對我充滿了吸引力。

木桶裝的米酒，五角錢可以買半小杯。此外也有醬油、花生、麵線、鹽、糖、米粉、餅乾，還有我最喜愛而且唯一買得起的圓珠糖。圓珠糖既圓又大，兩個才賣一角錢。

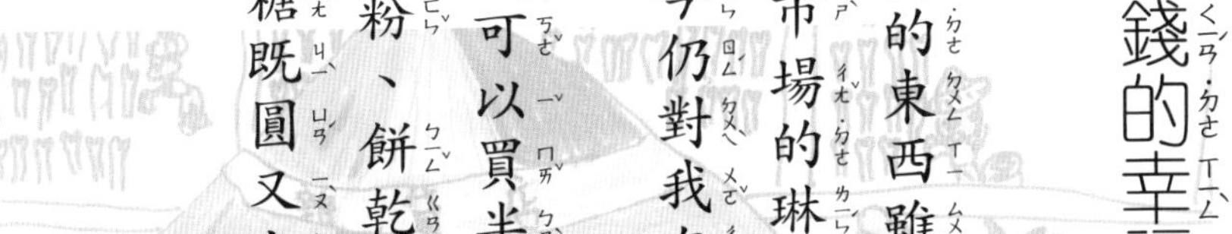

五年六班 翁俊期 指導老師 吳英鈴

母親非常節儉，她是不可能給我一角錢去買圓珠糖的，所以我只好轉向父親索討。有時，父親抵不住我的「膏膏纏」，會給我一角錢，我就非常高興地去買糖，用口含著慢慢的吃，可以享受一、二個小時。

但我若是食髓知味地常向父親要錢，有時候父親也會不給。如果我緊纏不休，他煩了就會很生氣地抽取竹掃把的細竹枝，往我的手或腳直劈下來。被細竹枝打到，可比棍子痛上幾十倍，所以每當看見父親手拿細竹絲，我都跑得飛快，遠遠地躲開。

想起童年的往事，真是好笑又好懷念。除了雜貨店以外，當時偶爾會有小販騎著腳踏車到村裡來叫賣麥芽糖和枝仔冰。小朋友都很渴望能吃到解解饞，可是沒錢怎麼辦？有一種交易方式非常特殊有趣，就是以農作物交換零食(以物易物)。小朋友會偷偷地拿家中庫存的地瓜，向小販交換麥芽糖或枝仔冰，小販也會很樂意接受這種交易。可是要很小心喔！絕對不能讓父母知道，否則，又是一頓「竹筍炒肉絲」~~~慘遭修理了！

糖果好吃買不起，要錢吵鬧被修理。

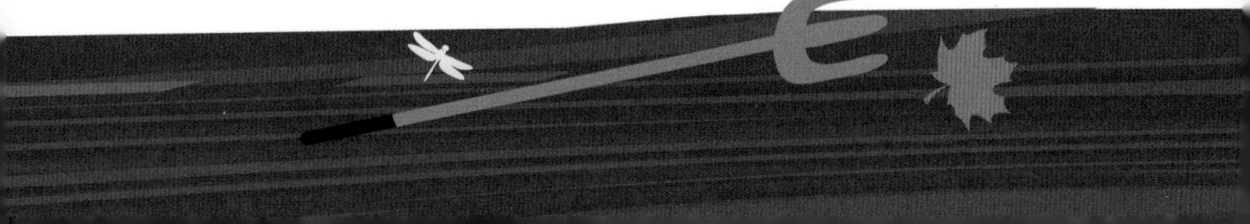

生活篇

農村的地下井水─自己來汲水

四十年代的農村，很多家庭沒有盥洗室。一般家庭都共用一個臉盆、兩條洗臉用的小毛巾、兩支牙刷、一塊肥皂，和一盒刷牙用的刷牙粉，與現代的衛生條件相比，簡直是天壤之別。當時我每天洗澡，都只用小毛巾擦一擦身體而已。

那個時候並沒有自來水，整個村裡只有兩個地下水井，供給上百戶人家使用，也因此大家都很珍惜、均能節約用水。記

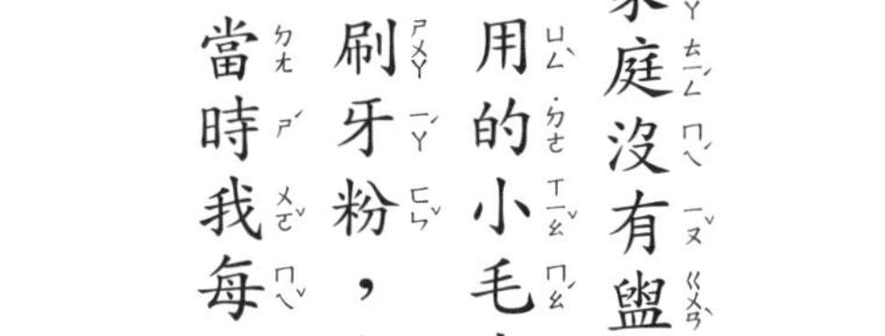

三年六班 鄭仁豪 指導老師 張逸君

得，家人都做工去了，汲水便成了我的工作，年紀小自然力氣不大，所以對我來說，汲水也是一份苦差事。

地下水每天滲出的水量有限，很快地，井裡的水就被村裡的大人取乾。我們小孩子要排隊，然後還要等著水慢慢地滲出，再用繩子將綁好的水桶垂到井底裝水，緊接著雙手要掌握速度、緊握住繩子，慢慢地，以一上一下的昇降方式，將水桶拉上來倒入已準備好的大水

三年六班 黃昱嘉 指導老師 張逸君

桶，再和妹妹兩人用扁擔一左一右共同挑回家，倒進大水缸裡。幾乎每天都要去打水，每次都要來回好幾趟，手腳既酸又累，幸好，姊姊心疼我，常常替代我打水。

大約在我十歲的時候，村裡的鄰居安裝了腳踏抽水器，兩隻腳左右交互地踩，就可以直接取得地下水。有了這種設施，汲水就不需再苦苦等待，非常方便，腳一踩，水馬上流了出來。一年後，母親也請人來安裝了一台，從那個時候起，我就輕鬆了，不必再用扁擔挑著水桶到遠方汲水了。

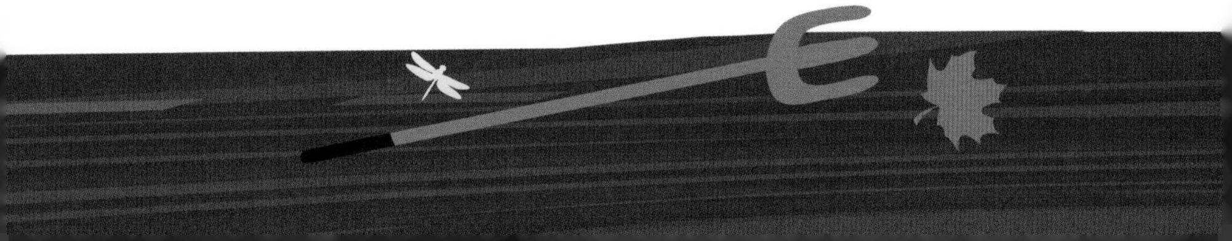

由於打水很辛苦，因此大家都不敢浪費，哪像現在水龍頭一開，自來水就嘩啦嘩啦地流出來，怎會懂得節約？怎會懂得珍惜？飲水思源，不要浪費地球資源，舊時代的省水好習慣應該被保留下來！

井裡汲水要排隊，節約使用不浪費。

環保的先鋒—農村的廁所

小時候家裡只有大廳是水泥地板，其他房間、飯廳都是夯土地。當時沒鞋子穿，小朋友都打赤腳，所以經常踩到雞、鴨、鵝的糞便，而且整天光著腳踩在夯土上，腳當然也會髒，到了晚上，上床睡覺前一定要把腳洗乾淨。

當時盥洗設備非常簡陋，女性上廁所是用木頭做成的糞便桶(其形狀猶如圓木桶)，它就放在房間的一個角落，為了隱密，會用布簾區隔遮蔽。每隔二至三天，必須提著笨重的糞便桶到屋外的水泥化糞槽丟棄。如果有按時間清洗糞便桶，房間就不會發出臭味。

現在，每戶家庭都至少有一套以上的獨立衛浴設備，洗澡如廁都是垂手可得的便利輕鬆，上完廁所，將按鈕或把手輕輕一按，所有的排泄物都沖洗得乾乾淨淨，哪能想像我過去必須時時與這些臭氣沖天的肥料相處？

男生廁所設在豬舍旁邊，屋外約二、三十公尺處，只供大便，小便任意到樹下或水溝旁都可以（現在，隨地便溺會被

舉發，可處一千二百元至六千元罰鍰）。戶外廁所糞便集中在水泥槽，可當肥料，大約一至二個月要清理一次，這也是我的工作。裝肥料的工具，是一個木頭做成的糞桶，很笨重。清理糞便時，要先將糞便舀進糞桶。舀糞便的勺子柄很長，所以舀起來

四年六班 陳鈺潔 指導老師 林惠玲

特別吃力，都要用兩隻手。如果力道不足、發抖，不小心倒在地上時，就必須用泥沙把糞便蓋住，這樣才不會臭氣薰天，而且很快就乾掉。舀完糞便後再挑去澆自己種的蔬菜，當肥料用。

房子周邊都種蔬菜，只供自己吃。蔬菜要常澆水，如缺水就會長得很慢或枯萎而死。全家都忙著田裡的工作，我常一個人到二百公尺外的池塘挑水回來澆蔬菜。這種工作對八、九歲的小孩而言，真是相當辛苦！雖然有時候也很想去跟其他小朋友玩，可是父母交代的事若不完成，會被處罰，所以，我都乖

乖的把這些工作做完後才敢去玩。

今非昔比，常常聽到現在的父母對著兒女說：「你只要把書讀好了，其他都不用管！」我心裡就會百感交集的喃喃自語：「時代真的是不同了！」

清理糞桶不懈怠，池塘挑水忙澆菜。

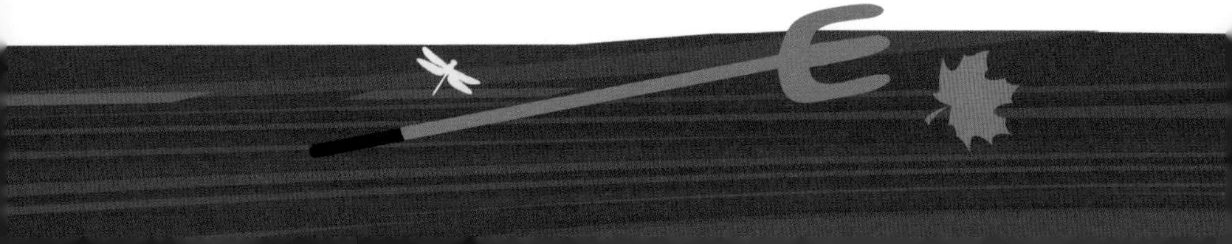

四年六班 蔡佩怡 指導老師 沈美慧

流動診所—寄藥包

農村裡沒有醫療設施，如果生病或意外跌倒、撞傷、流血，治療方法都非常不衛生，而且容易被二度感染。一般人受了小傷，都有自己治療的方式：假如受傷不重，只流一點血，就採樹葉用手揉一揉貼在傷口，或用沙土的粉末灑在傷口上。如果是撞傷而淤血或青腫，吐點口水在淤血上面擦一擦，揉一揉即可。

小孩跌倒受了驚嚇，就趕緊用手指頭沾著泥土粉末往小孩子的嘴裡按住說：「一、二、三、四，無代誌」，又說：「孩子吃土，卡會大茂」，意指小孩會長得很壯。小孩子半夜哭個不停，有可能是白天受到驚嚇，隔天就抱著他，向神明求平安符，還要用香爐內的香灰泡水給小孩喝。很奇怪，有時候這樣做也會有效果，可能是巧合吧！

四年六班　黃姵蓁　指導老師　沈美慧

四年六班 彭國維 指導老師 沈美慧

到了我長大後，就有很大的轉變，有了藥商來「寄藥包」。所謂「寄藥包」就是藥商準備好一個紙袋，掛在你家的大廳或房間的牆上，放進藥商要賣的藥品，如胃散、萬金油、消炎藥膏、止痛藥等。藥商一、二個月巡視一次，如有使用再付費，並更換補充新的藥。回想這種所謂「寄藥包」的銷售方式，對農村的人來說非常方便又貼心。但是也有部份人家不接受，有些人是怕遺失了要賠錢，另一些人則相信如果家裡被「寄藥包」，霉運會隨之降臨，所以拒絕接受。另外，有一種狀況是因為藥商業務員覺得這戶人家很貧窮，極有可能用了藥，卻付不起藥包的款項，所以就不會把藥包寄在他們家。

這種經營方式持續了一段時間，直到街上有藥局後，「寄藥包」才慢慢地消失。與時漸進地，鄉下基本醫療環境也逐漸獲得改善。

現在的年輕人聽到四十年代有寄藥包這行生意，一定會感到不可思議。除了寄藥包，還有寄賣醬油的行業。商人將整罐醬油寄放在我們家的廚房裡，一個月後再來看用了多少？視用量收錢。當時一般家庭只以食鹽當炒菜的佐料，醬油則是一種奢侈食品，只限於村裡的大戶人家才有能力消費。在我的記憶中，好像在五十年代初期，農人才漸漸有能力而普遍地使用醬油當佐料。如果能以醬油拌地瓜加白米飯吃，算是很好的一餐了。

醫療不便多偏方，藥包寄賣掛牆上。

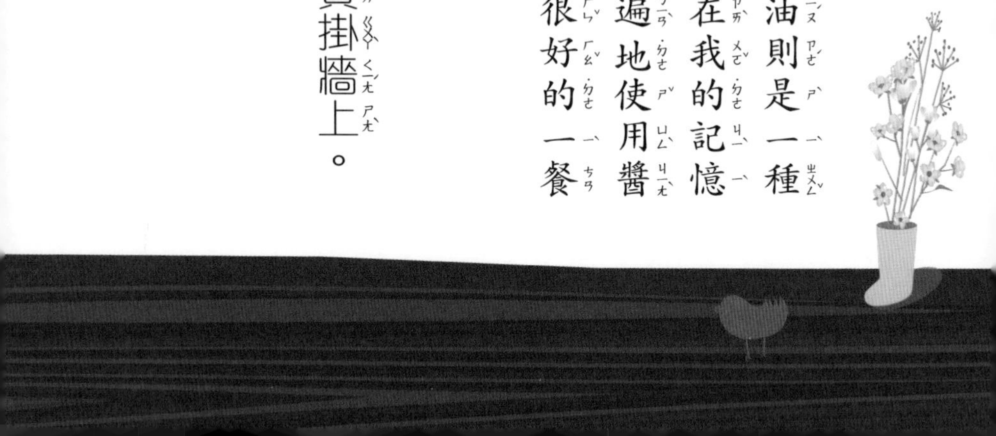

強身健體的日光浴

農村建造的房子很簡陋，總是擋不住寒風，尤其嘉南平原地區，地形空曠，沒有高山或樓房可以擋風，因此到了冬天晚上，北風凜冽得很。

寒流來時，大部份人家提早在太陽下山前就吃晚飯，飯後

四年六班 陳鈺潔 指導老師 林惠玲

就趕緊去洗腳，再快快的躲進被窩裡，要等好長一段時間，身體才會感覺到有點暖和。有時候睡到半夜，還會被凍醒。偶爾半夜起床到外面小便，都覺得寒風刺骨直打哆嗦，回到床上要繼續和周公打交道，還需等上一段時間，待背脊不發冷了，才能再進入夢鄉。

嘉義位於嘉南平原中央，因為輻射冷卻效應，造成清晨氣溫驟降而寒冷。每天早上起床都很期待有個好天氣，就可以享受日光浴了。找個太陽照得到的地方坐著，好

四年六班　陳沛璇　指導老師　林惠玲

讓溫暖的陽光照射覆蓋全身，很快就會有暖洋洋的感覺。當時日光浴的感覺，比現在去泡溫泉或洗三溫暖都還要享受。日光浴不只能使身體暖和，還可以治療感冒，因此大家都盼望能在冬天早上起床時看到晴朗的天空。

生活在農村的小孩身體抵抗力都很強，偶爾有點輕微感冒，只要找太陽公公照一照，整個身體就會痊癒，真是不可思議！現在年輕人可能會懷疑我說的話，不過當時農村根本沒有醫療設施，治療生病的方法，就是到田畔找尋可以治病的青草。

三年六班　曾哲偉　指導老師　張逸君

所謂青草就是「草藥」，找尋適合的藥草回來煎湯喝，通常都會見效，若未見改善，再請村裡的神明保佑解厄。很少人生病會去看醫生，因為一般人都付不起醫藥費，除了村裡二、三位大富的人家，他們才有能力到鄉裡的診所去給醫生診治，因此，那個時代有很多小孩因為生病沒錢看病而導致夭折。反觀現在，醫療

和醫藥都十分普及，許多文明病卻相對地衍生，也讓我更加注
重身心靈的保健。

暖和陽光照大地，享受冬天日光浴。

三年六班 蔡佩怡 指導老師 張逸君

仲夏夜之樂－講故事

夏天的晚上是我們最高興的時光，晚飯後大夥都會在庭院乘涼。每個人都拿一把扇子，因為晚上蚊子很多，有時候多到用手就能抓到，所以扇子是用來拍打蚊子，而不是搖動生風納涼用

四年六班　黃昱嘉　指導老師　沈美慧

四年六班　邱旻靚　指導老師　沈美慧

的。鄰居的小朋友、家族都聚在一起。長輩們輪流講故事，大家都聚精會神且愉悅地聆聽，這就是我們晚上最悠閒的娛樂。

童年聽到的故事非常有趣，例如：天空原來很低，離我們頭上不遠，因為大家生活不方便，所以用竹竿頂著天，讓天一直往上，現在才離我們這麼遠。看月亮不可以用手指頭指著月亮，否則頭上會長瘡或者耳朵被割幾條線。也不可以用手指頭指著星星數，不然長大會變啞吧。現在回憶起這些當時信以為真的故事，真是好笑！雖然農業社會沒有現代電視網路科技可享用，但是純潔的心靈，也極少被社會污染。

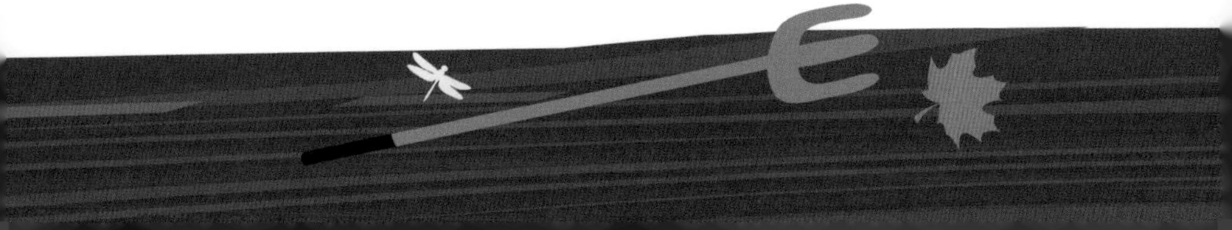

心無罣無礙，自由自在，「心淨」可以提昇生活品質，絕非物質豐富或科技發達，才有安逸的生活。心若清淨，更能享受生活，所以應該從「心」做起，時時觀照自己的心。《般若波羅蜜多心經》有一段經文非常貼切：「照見五蘊皆空，度一切苦厄。」每天反躬自省，念此經文百遍或千遍，可提昇自己的心靈，降低物慾的追求，生活一定會得到安樂。

長輩輪流說故事，庭院乘涼心舒暢。

二年六班 李昱修 指導老師 翁[illegible]

家人篇

父母恩，重如山

「父母恩情有如山那麼高大」這句話是在學校常聽到老師的教訓。養子方知父母恩，立身方知人辛苦。自己在教養子女才感受到父母的辛勞，才知道恩情有多麼偉大。

孝順父母是天經地義，最應該去做的事，也是做人最基本之事。孝順父母的人會有福報，尊敬長輩會遇到貴人的相助，這跟種瓜得瓜、種豆得豆的道理是一樣的。

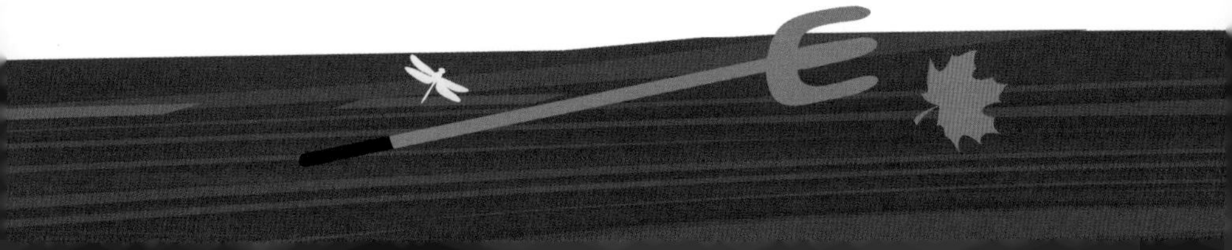

有句俗話說「孝於親則子孝，欽於人則眾欽」：孝順父母的人，將來子孫也會孝順你；不要怕吃虧，先尊敬別人，自己自然也會被尊敬。如同利益他人，有捨就有得，所以要先付出，將來一定能得到好處。

又有人說「樹欲靜而風不止，子欲養而親不待」：樹想要安靜不動，可是風卻吹的樹搖晃不停；做子女的想奉養父母時，可惜父母已不在人世，就算付出最大的心意也無法再奉養父母了。

六年六班 翁俊期 指導老師 張芳萍

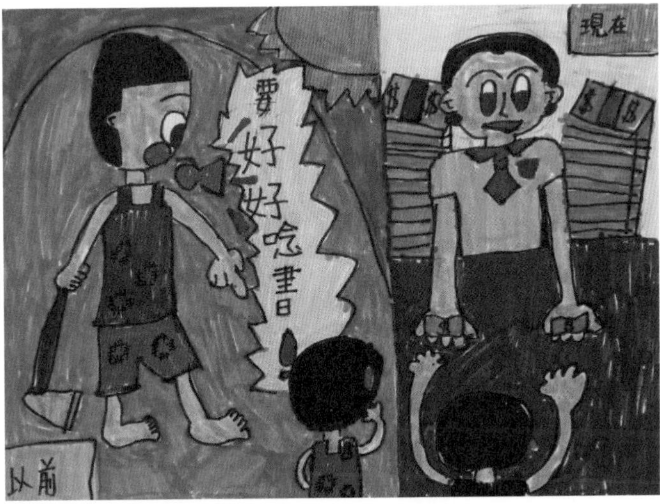

六年六班 邱佩吟 指導老師 張芳萍

我從小就遠離父母，到台北打拼，雖然每個月都有寄錢回家給他們當生活費，可是鮮少回家陪著他們長住。現在想起來，我自己內心感到非常的愧疚、後悔、傷心、難過，仰頭無語問蒼天，時已晚矣！

孝順父母種善因，耀祖光宗子孫興。

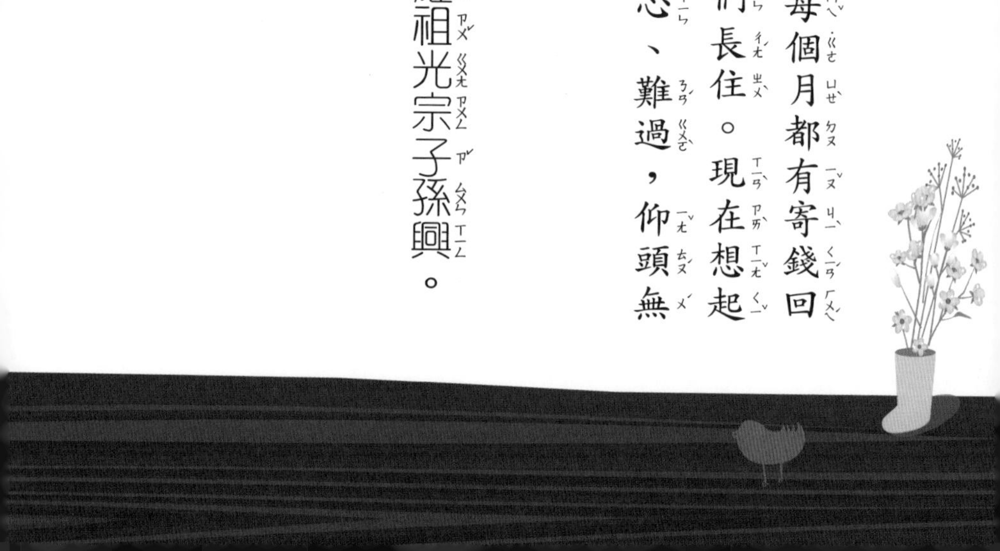

農村(鄉下)翰林士—我的父親

四十年代，農村中的住民百分之九十以上是文盲，慶幸的是，父親以前曾經讀過夜間補校，因此他不但識字，而且又是寫毛筆字的高手。父親猶如村裡的文書和翻譯師，若是有哪一戶的子女遠離家鄉去外地工作，寄回來的書信，父親都幫忙翻譯解說，還會協助回信。

過年或有喜事要貼在大門楣上的春聯、

四年六班 蔡佩怡 指導老師 沈美慧

喜幛也要請他揮毫。值得我驕傲的是：任何人需要幫助，父親都一定盡心盡力去協助完成。

父親總是非常樂意，而且沒有分別心地去幫助每一個人，

四年六班 陳建彬 指導老師 沈美慧

三年六班 李欣倖 指導老師 蔣幼如

因此村裡的人都非常尊敬他。直到現在我回家鄉時，還會有人提起他慈心待人的典範。雖然家境困苦，父親堅持要我上學，因為他了解不識字的痛苦。人在一生中，就算唸不了很多書，最起碼要識字，我非常感恩家人讓我完成了國民小學教育。有了基本知識，自己再多下工夫努力，就能立足於社會。如果不識字，又不願意自我努力學習，宛如文盲般，在社會上可就寸步難行囉！

父親的用心，讓我非常感恩，今天我能有一點點成就，都歸功於父親的遠見和抉擇。我是有福報的人，如果我失學，無

法讀書識字，我的人生將改寫，可能什麼都不是了。

因為父親「堅持要我上學」的一個信念，及母親、家人的支持，我才能懂得一些佛法義理，又能完成我的回憶錄，這是今生父母親送給我最珍貴的禮物。親愛的爸媽，謝謝您！我愛您！

父親翻譯代民勞，春聯喜幛樂揮毫。

節儉持家的媽媽

我的母親非常節儉。記得家裡有經濟能力安裝電力時，只有一個燈泡，當時電力公司僅提供一個迴路，只能安裝一個六十瓦特的電火球（燈泡）。

三年六班　王柏誠
指導老師　張逸君

四年六班　陳沛璇
指導老師　林惠玲

三年六班 黃昱嘉
指導老師 張逸君

三年六班 邱旻靚 指導老師 張逸君

晚上能有電燈真好。電費是以月計，可是開燈或關燈都是由電力公司控制，統一開關時間是晚上五點至凌晨六點。

幾年後，開始以電表度數計費，也可以安裝多個燈泡，家人都非常的高興。但是媽媽規定，一般時段只能使用五瓦特燈泡，除非鄰居來訪，才可以開二十瓦特燈泡；親戚來訪，可以開最大的六十瓦特燈泡。媽媽真的厲害，使用電力還分親疏等級。

太陽下山後，要等到伸手不見五指，才可以開五瓦特燈泡，最主要是怕超出基本費用。由於媽媽嚴格控管，因此每個月都不會超出基本費用，可想而知她有多節儉啊！

三年六班 黃姵蓁 指導老師 張逸君

媽媽還嚴格規定倒入杯子的開水，一定要喝完，因為開水要用燃料燒煮，沒喝完即是等同浪費。吃的東西掉到地上，一定要撿起來吃掉，甚至一粒米飯也不例外。當時農村物資極度缺乏，因此只要是可以吃的東西，對我們來說都很美味。例如雞、鴨、鵝蛋，如果孵不出小生命，那個蛋就算是壞掉了，媽媽還是捨不得丟掉，總是把它煎給我們吃。記憶中，好像也沒有因此吃壞肚子，媽媽還說：「這種蛋比較補。」

二年六班 邱昱晴 指導老師 施雅文

如果不是年節或拜拜的話，平常也只能吃到這種蛋。其實感覺還蠻好吃的，小孩子都爭著、討著要吃。我是男生，當然媽媽會偷偷留下來給我一個人吃。現在回想那種煎蛋的滋味，好像臭豆腐一樣，如果有機會，我還想要嚐嚐……。

媽媽勤儉超級省，用電還分好幾等。

三年六班 黃詮鈞 指導老師 蔣幼如

三年六班 邱旻萱 指導老師 蔣幼如

二毛錢的道理—感謝大姊的恩情

有一次我跟堂弟(叔叔的兒子)在玩躲貓貓，堂弟手上握住的二毛錢掉在地上被我發現了，我趁機撿起來就往村裡的一家冰店跑去，用這二毛錢買一大碗仙草冰，(這天正值夏天，天氣非常酷熱)吃得非常的高興又滿足。

當我吃完後回到家裡就不妙了，長輩看到我，就問我有沒有撿到堂弟掉的二毛錢？我當時愣住了，不知如何回答？內心非常惶恐！心想：如果還沒花掉就有錢可以還給堂弟了，可

三年六班　李佳燕
指導老師　蔣幼如

是現在二毛錢都已經花掉了，我該怎麼辦？我的腦子一片空白，呆呆地站在那裡。我大姊在旁邊剛好聽到這件事，她直接拿出二毛錢幫我還給堂弟（真正需要幫助的時候，願意幫助你的人，那就是世界上最值得你尊敬的人）。

這件事情就這樣落幕，卻使我一輩子永難忘懷。當我在台北打拼有點成就以後，有一天得知大姊急需用錢，她也沒開口向我借，我自願借給她二十萬元，經過十幾年，她領了勞工退休金，要還錢給我，我回說：那二十萬原本就是要給妳的。

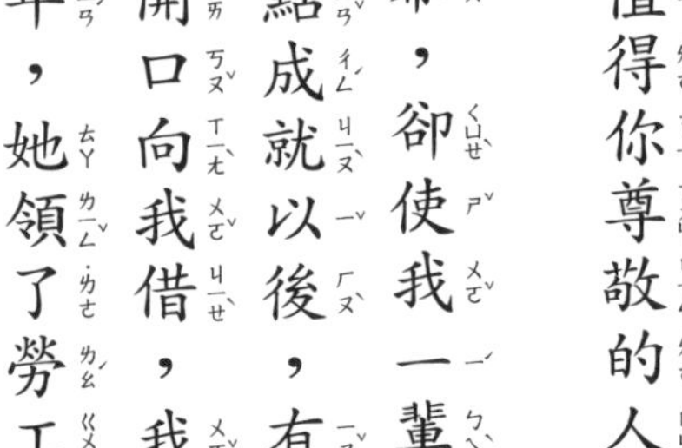

四年六班　鄭仁豪　指導老師　沈美慧

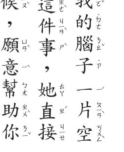

直到現在，我還是非常感激姊姊在那個當下給了我二毛錢，化解了我的難題。人說：有捨才有得，當時大姊給我二毛錢還給堂弟，猶如給了我一粒種子，三十年後孕育出不可勝數的果實。所以說，有因就有果，只要今世佈施，就有機會得到回報，有的人年輕佈施，直到老年才得到果實；有的人也許要等到下輩子才有回報，所以「不是不報，而是時候未到啊！」

知錯改過作箴言，終於報恩展歡顏。

四年六班 黃姵蓁 指導老師 沈美慧

衣服篇

四年六班 黃姵蓁 指導老師 沈美慧

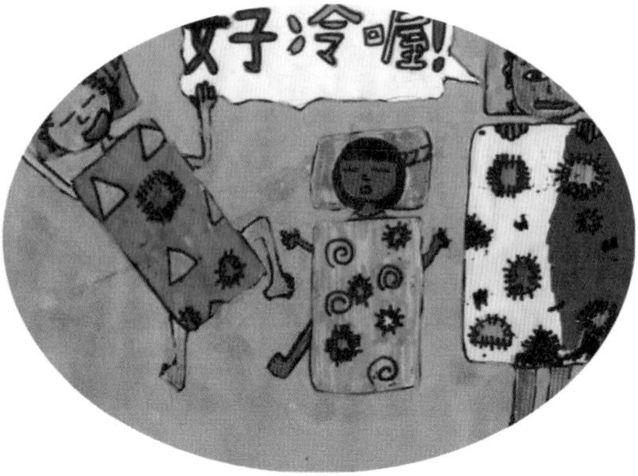

不能禦寒的冬衣

小時候最喜歡夏天，到了中午偶爾偷偷地和小朋友去池塘游泳或到灌溉溝渠泡水，全身就感到非常舒暢。可以不必穿上衣，只穿一條短褲，那輕鬆又自在的舒暢感覺，至今仍使我難以忘懷。

相反地，我最怕冬天寒流報到，父母買不起真正能擋風遮寒的衣服給我們穿，不要說買像棉襖、大衣之類的衣服，我看都沒看過。衣服都是穿到破掉了，再剪其他破掉的衣服來補，反正破掉就補，補了再補，就像貼膏藥一樣，只要有一點點保暖的效果或能遮住皮肉就好了，至於是否好看美觀，在那個時代並不重要，也沒有選擇的餘地。

冬天是我最不喜歡的季節，因為缺乏足以保暖的衣服穿，晚上六、七點就要趕緊躲進被窩裡不敢出去玩。棉被用來保持身體溫暖，也是睡眠品質的關鍵，大家都非常珍惜它。在三、四十年代，棉被是很貴重的保暖物品，一床棉被可能要好幾個

月的工資才買得到，所以都要使用好多年。

我們家裡只有一床棉被，因此全家大小必須睡在一起。冬天來時大家睡在同一床棉被窩裡也有好處，因為每個人的身體會散發出體溫，所以有增加熱度的加分效果。可是大人要睡左右兩邊，這樣才可以掌握棉被保持在正中間的位置，全家人就可以保暖，否則到了半夜溫度驟降，小孩子會不知不覺地把棉被往自己身上拉來保暖，另一邊的人就因此蓋不到棉被而被凍醒，這時就起紛爭了。

當我長大以後，才知道家裡的那床棉被已經用了十幾年了，棉花都已經變硬又失去彈性，難怪睡到半夜會被凍醒。但是母親還是很用心地照顧那一床棉被，我常看到她在中午大太陽底下以棍子拍打棉被，要使它恢復鬆軟，好讓我們一家人有個暖和的冬夜。現在，回想起父母對子女的愛和細心照顧，依然讓我感覺溫馨。

佛教說：無求心自在，有求必苦。求享受是貪的根源，心貪得無厭，慾望無窮，要這要那，多了還要多，好還要更好，慾壑難填，永遠都無止境的在追求。世人為了豐富的衣食住行

而終日奔波忙碌，時時為了追求更好的生活品質而憂心，害怕比不上人家，其實不要比較，心安就平安。

就像童年時代，無所可求，也不必用心去追求，少欲無為，心就自由自在。雖然當時生活物資非常缺乏，但是心靈卻非常自在。一個人如果能做到無所求，不與人爭奪，那整個宇宙都是屬於自己的，也就是世界上最富有、最快樂的人。

冬天冷風來報到，半夜避寒不亂跑。

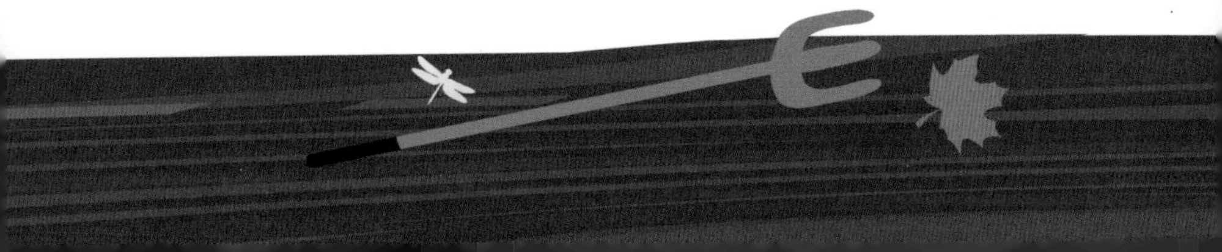

四年六班 曾哲偉 指導老師 沈美慧

現代原始人的衣著—開襠褲

在我的事業有了一點成就之後，對自己的衣著要求也開始講究，這應該是童年時只求有衣物可以蔽體，無法要求美觀舒適，繼而產生彌補心態的關係。

記憶中，年幼時都是穿著開襠褲。這褲子的布料是美國援助臺灣裝麵粉用的布袋，母親說：買這種布料做褲子比較便宜。雖然不好看，可是很耐穿，一條褲子都穿好久。有時

四年六班　王柏誠　指導老師　沈美慧

候，穿這種布料做的褲子，還可見到有中美合作字樣在屁股的兩邊。那個時代只要能遮住重要的部位就好，才不管它是什麼布料，好不好看？

讓我印象最深刻的是

有一年過年的前幾天，好像是因為家裡農作物豐收或是賣掉家禽，有了一筆收入，父親上街為我買了一

四年六班 彭國維
指導老師 沈美慧

件很大的長褲，雖然褲子根本不合身，我還是很高興，因為從來沒穿過有色彩又這麼好看的褲子。吃完年夜飯後，很高興的穿上一件上衣和那件全新啪利啪利的褲子，就到處走走逛逛，非常的興奮，心裡想著「過年真好！」

當時村裡有一家簡陋的雜貨店，年夜飯後，大人都到這裡賭錢，我也跟著去湊熱鬧。當我蹲下去看大人賭錢時，突然聽到很奇怪的聲音，原來是我的褲子竟然破掉裂開了。大家都看著我破了一條大縫的褲子，讓我尷尬到無地自容，趕緊跑回家。在家裡，兩顆眼珠盯著那條褲子看，心想：還是美國麵粉

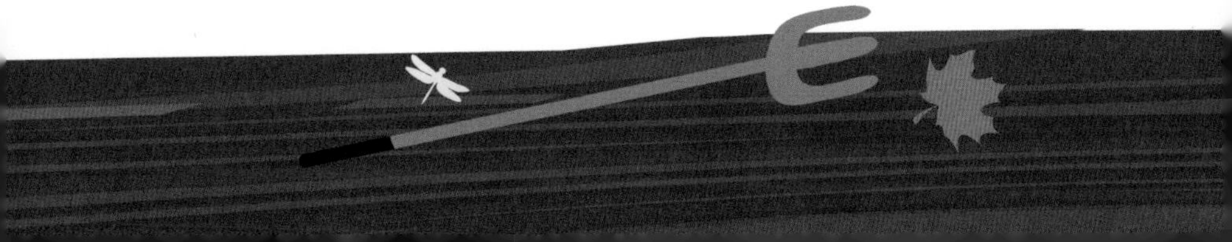

袋布料比較耐用，一件都可以穿好久。我再仔細地摸著那條新褲子，才發現其他的部位也快破了。

那時的心情並沒有很激動，只是覺得好可惜，如果沒破掉該有多好！所以當長大後，自己有能力購買衣服時，我都會特別注重質料，精挑細選後才做決定。

美援麵袋做褲子，中美合作印屁股。

風行當時的補丁衣

四年六班 李昱賢 指導老師 沈美慧

小學一年級時，我就讀的學校是附設在村子裡的分校，走路上學大約花五分鐘就可到達學校了。在那裡讀書，可以讀到二年級，因為大家都是同村子裡的窮人，所以對於上學穿什麼衣服，大家都很隨便，有些人的衣服穿破了，留個大洞也不以為意，有些人的衣服，破掉再補，縫縫補補也

四年六班 蔡佩怡 指導老師 沈美慧

很平常，甚至像貼膏藥的衣服都可以穿去上學。

三年級就必須到市區的校本部上學，市區是個陌生的環境，城裡的人生活條件比較好，一般穿著也比較好，我不好意思、也不敢穿破掉的或補過的衣服上學。記得當時我只有三件衣服是沒補過的，其中兩件是褲子、一件上衣。因此平常在家裡或下課回家，只許穿褲子，不能穿那件完好的上衣，因為只有一件，要等到上學才能穿，而且為了每天都穿，所以只能假日才能洗。如果下課回來脫下來洗，萬一曬不乾，隔天上學麻煩就大了。雖然只有唯一一件完整沒破也沒有補過的衣服可以穿，然而當時內心並不以為苦，心中並沒有任何抱怨！反而覺得很滿足。

除了難得有完好的衣服可穿之外，大部份的同學上學，都是用花布巾包裹書本和鉛筆，再打個大結捆綁好，極少看見學生背書包上學。我很幸運，哥哥留下來一個書包，雖然破了

四年六班　黃姵蓁
指導老師　沈美慧

四年六班　陳建彬　指導老師　沈美慧

兩個洞，可是我還是很高興擁有它。一、二年級上課只有兩本書，分別是國文和算術。每天上課攜帶這兩本書、外加一支鉛筆及一本簿子，就這四樣東西放在大大的書包裡，背著它上學放學，感覺非常有趣。

農村的孩子上學受教育，在那個艱難的年代，會帶給家庭沉重的負擔，因為孩子上學，不但家裡少了一個勞動者，產能相對會減少，還要為孩子的教育籌錢，增加了不少家庭的負擔。當時一般觀念都是重男輕女，女生沒上學是理所當然，倒是男生十分之八都會上學。女生較細心，會做家事又能幫忙農

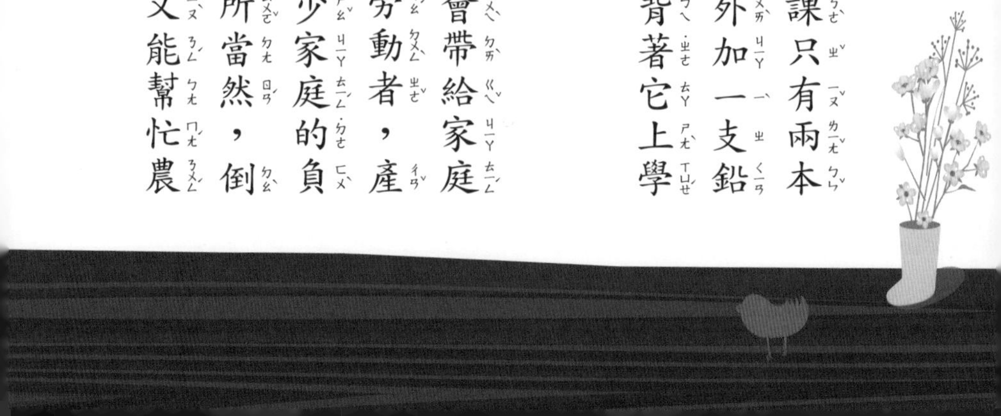

事，如果家中沒有田地，也可以幫人做工賺錢。所以女生沒去上學，家中就形同多了一根經濟支柱。

學生平日雖然要上課，但農忙時幫忙做家事，或下田除雜草，往往才是最重要的事，有的同學，一年上課出席率不到一半，幾乎都在家裡幫忙做事，一學期結束了，連自己的姓名還不會寫。當時，老師也不敢嚴格規定學生每天都一定要出席上課，否則，學生就乾脆休學不來上學了。

洗衣補衣像貼布，滿足現況展抱負。

上學篇

沒有一紙文憑的國民大學

常有年輕人問我是那一所學校畢業的，我的回答是「國民大學」或「農村大學」。

我出生於民國三、四十年代，那是一個窮困的年代，當時受教育的人並不普遍，大部份的人生活都很困苦了，哪有錢讓小孩去求學。一般人的就業機會也很少，農人只依靠種植農作物或打零工，賺取微薄的工資才能養家活口，生活度日都有困難，更不要說求學受教育了。

一般家庭經濟都不好，超過百分之六十以上的人，沒受過國民小學教育，等於是文盲。尤其是女性失學更嚴重，約有百分之八十以上都沒讀過書，這種事在當時的農村算是正常的，就如同我的兩個姊姊和兩個妹妹，除了最小的妹妹受過點教育，其他三位都是文盲。所以即使失學，也不覺得遺憾。

這和現在不同，現代人如果沒讀大學，就如同當時的文盲一樣，因為要找工作，大學文憑是基本需求，但在四十年代，一般人能讀完國民小學就很不錯了。如果和現在受教育的階級比較，當時國民小學畢業生宛如現在的大學、碩士畢業生。因

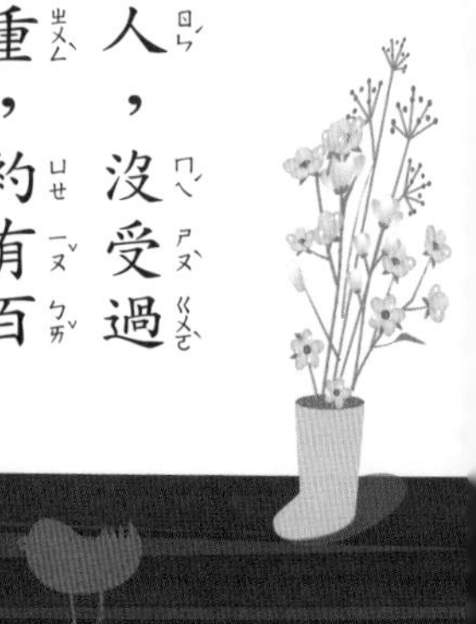

為當時百分之九十五的人最高的學歷就只有讀完小學，而現在百分之九十五的人卻是大學、碩士畢業。

那時即使初中，還不是國民義務教育，除了學費需要自付之外，還要參加聯考，因此想讀初中很困難，不是一般人能夠去讀的。一般男生比較有機會去求學，尤其是長男，因為他是傳宗接代的指定人。可是也有一些長男沒有機會受教育，因為家裡真的非常困苦，整個家連吃飯都有問題了，哪有錢讓他去讀書。而且如果沒去讀書還可以幫忙照顧弟弟、妹妹，或到田裡除草減輕父母的負擔。在那個以人力工作為主的時代，政府又以「多生子女多福氣」為口號，鼓勵大家多生小孩，因此生小孩宛如在比賽，每個家裡生七、八個小孩其實不算多。能養飽這些小孩都很難了，更不用說讓小孩去上學。

我在那樣的時代中長大，受學校正規教育的時間並不多，年少在農村受過「農村大學」教育外，當我隻身到台北來奮鬥後，真正受的是社會教育，走過人生數十年的歲月，在這所社會中受教得益良多，所以我也算「國民大學」畢業的。

多生子女多福氣，養飽全家不容易。

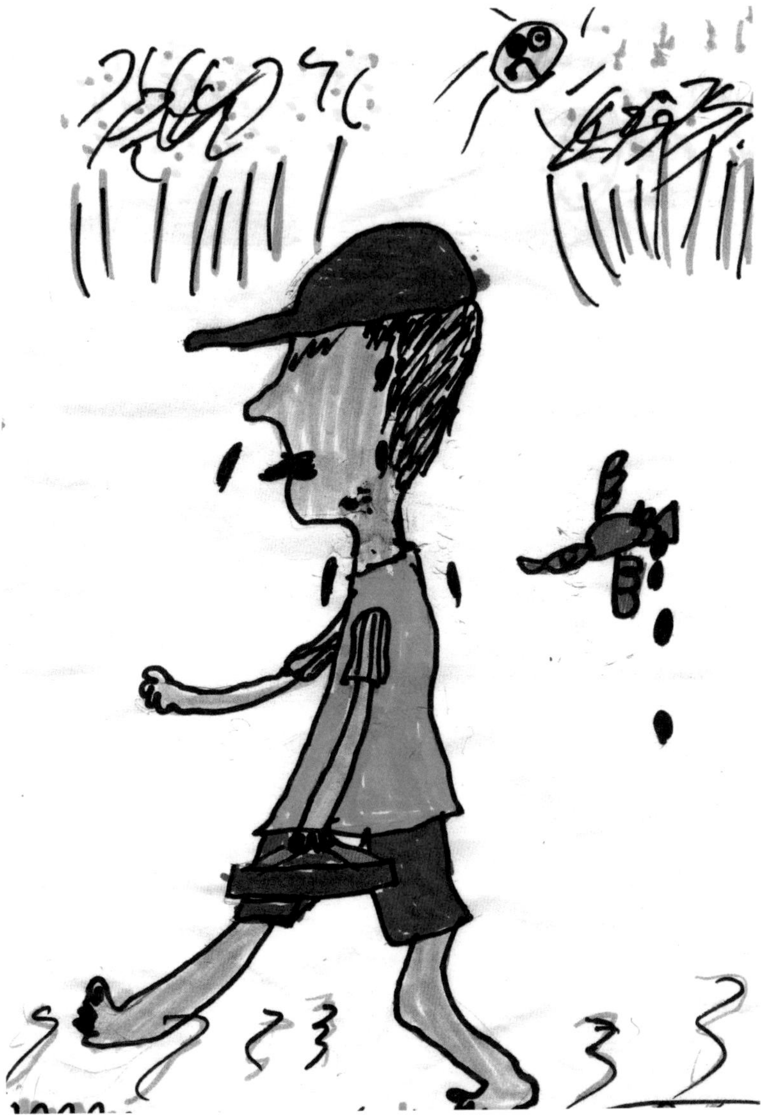

一年六班 黃柏誠 指導老師 王藹仙

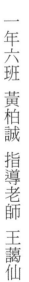

最天然的鞋子－打赤腳

國小二年級以前是在村裡的分校就讀，升上三年級就必須到市區的本校上學。

上學沒鞋子穿，要赤腳走四、五十分鐘的路才能到學校。夏天，回家途中的泥土路面很燙，一定要走在靠路邊有草皮的

一年六班 陳芝樺 指導老師 王藹仙

地面，否則腳底會被燙到起水泡而脫皮。冬天的早晨，因為草皮比較冷，反而要走在比較不濕冷的泥土路面上，但是，腳趾頭還是凍到又僵又痛。

到了七十年代，我已成家有了小孩，整個社會經濟正蓬勃發展。有一天，我的同學告訴我一件有趣的真實事件。他的兒子已經擁有三、四雙鞋子了，卻還要求再買一雙。他和兒子說：「我以前讀書的時

一年六班 陳冠佑
指導老師 王藹仙

候，一雙鞋子都沒有。你現在有幾雙呢？這已經夠好了。」兒子卻問他父親：「爸爸，你為什麼不叫爺爺或奶奶買給你穿呢？」

乍聽之下，好像做父親的很笨，不會叫爺爺或奶奶買給他，然而這「七年級」的兒子，對當時一般家庭都買不起鞋子的真相一無所知，這樣回應雖然有點好笑也算合理了。

記憶中，我讀的小學，大約有二百多個學生，可是很少有學生能夠穿鞋子來上課。有鞋子可穿的多半是村裡的大戶

人家，或是商人、老師的兒女，頂多佔學生總人數的十分之一吧！赤腳的學生是因為沒有鞋子可穿，並非耍酷、不穿鞋子。

當時鞋子是一種奢侈品，我從來沒穿過鞋子去上學，因此也無法回想，在那個年代一雙鞋到底要多少錢才能買得到！

現在的孩子穿鞋也不成問題，有了鞋子穿，只是不知道，是不是珍惜有鞋子穿的幸福！

赤腳走路上學去，燙到起泡又脫皮。

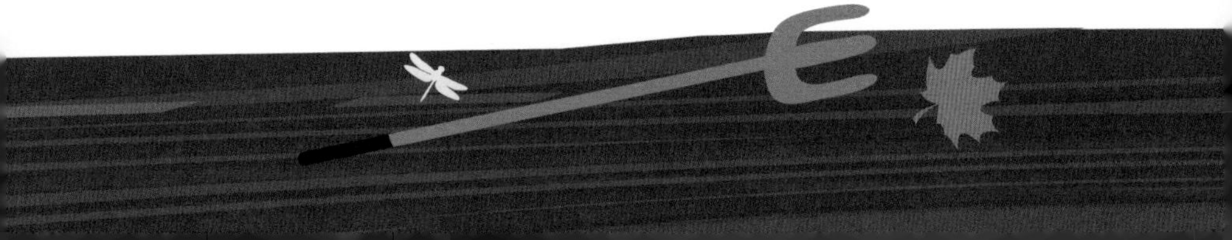

一年六班 鄭淑娟
指導老師 王藹仙

一年六班 邱昱晴
指導老師 王藹仙

比國民便當還國民的便當

升上國小三年級，就必須上全天的課，因為家離學校遠，所以中餐就要帶便當。在我正式升上三年級的很久以前，我就期待這天來臨，終於讓我等到了。

我的便當是白米加地瓜，偶爾會有一條鹹魚乾、半個鹹蛋、或一個煎蛋。配菜只會有一種菜。到了中午下

一年六班　黃昱慶　指導老師　翁椗雯

課鐘響了，心裡就很高興，快要有香噴噴的午餐可以吃了，這也是一天之中，內心最期待的事。

我知道班上有一、兩個同學，抵擋不了便當香味的誘惑，在上學的路上就把便當吃掉了，因此他們中午只能喝白開水。在那個時候，從沒聽說過有同學便當吃不完，或把便當讓給別人吃的事。如果家境好一點的同學，中午花五毛錢就可以到學校外的街上吃一碗麵，還附帶一碗清湯。當時，非常羨慕可以到街上吃麵的同學，還記得父親有幾次給我五毛錢，到學校外

的街上吃麵，那時我真是高興得合不攏嘴。

學校有好幾位同學的午餐只能吃到地瓜乾，當時物資真的非常缺乏，如果不是生長在那個年代，難以想像生活怎麼會那麼艱苦，地瓜乾真的好難吃！

我算是很幸福的孩子，既可以上學讀書，又有地瓜加香噴噴的白米飯便當，偶爾，父親還會給我五毛錢吃一碗難能可貴的麵，真的是很開心、很滿足、很幸福。

午餐便當香噴噴，期待下課敲鐘聲。

二年六班 陳芝樺 指導老師 施雅文

重男輕女的觀念

當時沒有農耕機，只靠人力或牛耕田，所以政府才推動增產報國「多生子女多福氣」的口號。

農作物生產值的百分之九十，必須仰仗人力，子女生得愈多愈有助益，每個子女都要幫忙做家事或耕種。孩子到了三、四歲，每個人都有任務，例如：才四歲大的姊姊就要照顧一、兩歲的弟妹，到了十歲以上，不管是否就學讀書，都必須到田裡幫忙除雜草、抓害蟲或把歪倒的農作物扶正等等。就連上學

的孩童，也要趁著放學後或假日到田裡幫忙，晚上再做學校的功課。

大家都認同人口多就是本錢，因此一對夫妻生七、八個小孩也不算多。

經濟來源全靠農作物的收成，做工賺錢機會不多，薪水非常微薄。當時耕種不像現在有農藥可噴灑、有肥料供施佈，因此收成不佳。經濟來源匱乏，對教育既不重視，小孩子又生得多，所以不是每個小孩都能上學。每個家庭最多也只有一至二

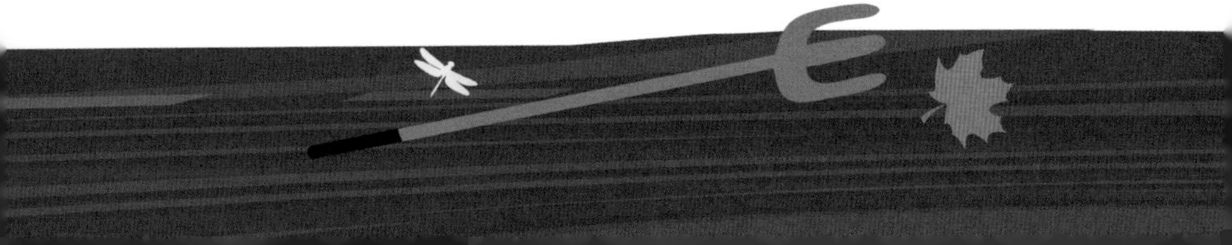

個孩子，能夠就學接受教育。據我所知，左鄰右舍有好幾個家庭裡，並沒有讓孩子去就學接受教育，一個都沒有！

是否能去上學並非僅僅依據家庭的經濟狀況而定。那個時代的觀念重男輕女，認為男生是要代代相傳，男生才是自己家的人，所以受到長輩重視。相反地，女生長大後要嫁出去、是別人家的，因此，女生稍長就要種田或做工賺錢貼補家用，到了十八至二十歲就要嫁人了。所以，女性上學的機會是少之又少。

我是次男，能有機會上學，算是非常幸運了！再一次感謝父親的堅持和家人的支持。

照顧弟妹排第一，做工賺錢捨教育。

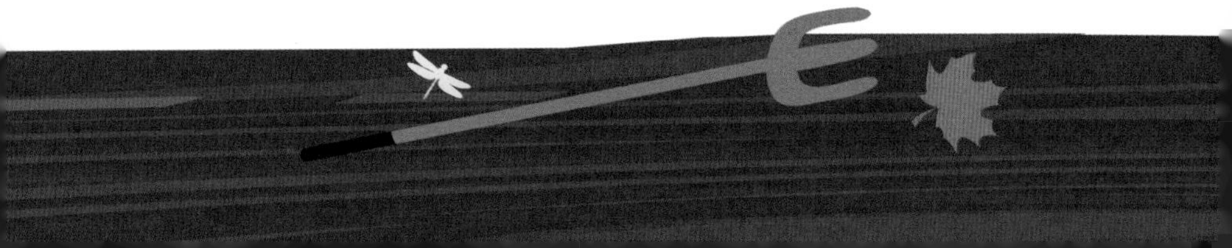

四年六班 蔡佩怡 指導老師 沈美慧

四年六班 陳建彬 指導老師 沈美慧

工作篇

六年六班 黃懿婷 指導老師 朱芹儀

爲求一技在身，做學徒

小學畢業時才十三歲。畢業後的孩子，通常在家幫忙務農，或離鄉去當學徒。當時升初中要參加聯考（現在是國中，義務教育），但百分之九十五以上的同學都沒有升學的打算，幾乎每個家庭都很窮困，無法負擔中學的學費，能夠讀完國小六年級已經不容易了，甚至有很多同學在小學階段，因為家境的關係，半途就休學工作去了。

家人都希望畢業的孩子能幫忙務農、做工，或有機會離開家鄉到都市去當學徒賺錢貼補家用。能學得一技之長最好，但是學徒的工作也不容易找到，很少人有機會可以選擇自己想要學的行業，大都沒有選擇的餘地，只要有人要你，就很幸運了。

六年六班 丁名卉 指導老師 朱芹儀

當學徒三餐吃的一定比家裡好，只要認真做事，一定比留在農村裡有好的前途。另外，學徒每個月還有一、二十塊錢的薪水可零用，但當學徒往往有一個規定，必須做滿三年四個月才能「出師」離開師傅，而且不用訂定契約，這是大家都遵守的規矩。以前的學徒都非常尊敬師傅，在學習階段也會以「多做多學、賺到了」的心態，盡量多幫師傅做事，等「出師」後，再自己創業，若有點成就，也懂得感恩回饋師傅。

國小畢業後如果沒找到學徒的工作，也可以找村裡有養牛的農家，因為他們可能需要僱用童工來幫忙照顧牛。其實這種工作很辛苦，每天要到田畔割草或採甘蔗葉給牛當飼料。農作物依季節播種，如果工作做完了，便是牛的假期。在這段時間才比較輕鬆、童工可以不用去割草，只要牽著牛讓牠去吃長在田畔或灌溉溝渠的青草，等牛吃飽了再牽著牛回家，這種工作稱為「牽牛童工」。

相對於當一個「牽牛童工」來說，當學徒的前途就好太多了！現在很多企業界的老闆，也是當年吃盡苦頭的學徒出身的！

畢業離家當學徒，一技之長好功夫。

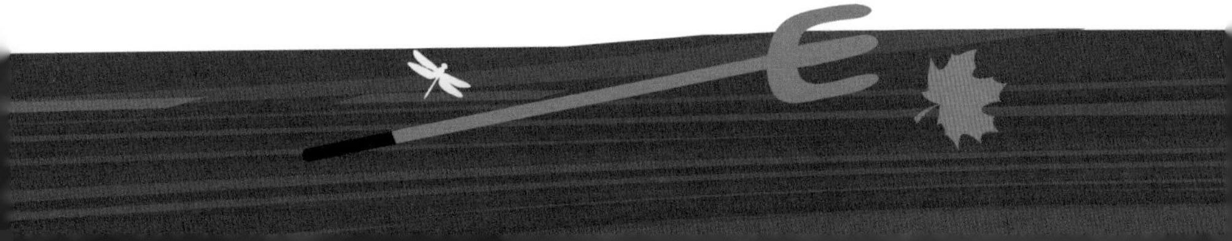

爲家盡份力，小工不怕苦

國民小學才剛畢業，父母就委託鄰居長輩介紹我到造紙工廠當推稻草的工人。造紙的原料大部份是稻草、甘蔗渣。我的工作是將已堆高如山的稻草，分批用手推車，推到非常大的鼎旁邊，然後再慢慢用鐵叉叉起稻草，丟入大鼎裡煮。煮一天就成了紙漿，等冷卻後再用機器壓扁，就形成了紙張。這種工作既笨重又耗費體力，工作時間是晚上十點到凌晨六點。

從家裡到工廠上班，騎腳踏車單程一趟大約要一個多小

時。夏夜，騎腳踏車上班還算涼爽，又有星月作伴。但是到了寒冷的冬天可就難受了！既冷又濕的黑夜裡，沒有保暖的衣服可供禦寒，還要頂著凜冽的北風騎個把小時單車，真的是從頭頂冷到腳底啊！

四年六班 邱旻靚 指導老師 沈美慧

四年六班 邱昱禕 指導老師 沈美慧

工作場所在空曠的屋外，沒有建築物可阻擋冷颼颼的強風，經常是刺骨般地「寒」，雙手凍到麻木。然而為了每日賺八塊錢的工資供給家用，我還是很開心地、忍耐著工作了將近一年。

我還做過麵條學徒，早晨三點起床做到七點，然後騎著腳踏車將做好的麵條送至飲食店裡，每月薪水一百元。只要有工作，我都非常樂意歡喜去做，以勞力換取金錢，不僅可以減輕父母的負擔，我也甘之如飴地視為是我應盡的責任，每當把賺來的錢雙手交給父母時，我都非常開心，也覺得很有成就感。

走過當年的種種辛苦少年時期，今天回首來時路，除了已成美好的回憶之外，也感謝曾有的這些苦，經歷了那些苦之後，日後所有的苦都已經不成為苦了，再大的困難都能克服，所以這些歷程其實是我人生最大的寶藏！

夜間騎車工作去，北風凜洌不放棄。

四年六班 王柏誠 指導老師 沈美慧

婚姻篇

傳統的習俗—冥婚

三、四十年代有很多冥婚的故事。

所謂冥婚，是指已死去的「人」要和陽世間的人結婚。現在很少人知道冥婚的原因，這也有程序和規則的，聽起來很不可思議！

整個故事要從小孩夭折開始說起，當時農村沒有醫療設施，如果有人生病，沒錢到鄉鎮裡去看醫生，很多小孩因此夭折。農人生病通常都請村裡供奉的神明保佑消災解厄，假如沒有效果，再請神明附身在乩童身上問明原因？冥婚便由此衍生。

這時候乩童會顯現神明的旨意，一般人都相信神明有直通陰界的本領，所以祂的指示大都會被民眾接受，進而完全依照乩童轉達的話去實行，不敢有違！乩童代傳神明的旨意說：「你的問題是因為家神(夭折小孩或死去的家人)在捉弄，才讓你不安而生病，因為你的家神已經到了結婚的年紀，希望能夠婚嫁，所以要你們安排親事，才能化解你的問題。」

一般要求冥婚者都是女性，藉由乩童指示請父母為她相親，選親的方式是：首先，父母得先準備一個紅包袋，放在乩童指示的那條馬路上，擇個吉日、時間、方位放好，然後由親人在旁守候著，如有過路的人撿起紅包袋，就表示雙方有緣，對方就要負責迎娶。如果撿到的人是女性，就由她家中選擇最適合的男生來冥婚。

冥婚的儀式和程序，從訂婚到結婚的跟一般人沒兩樣，雙方不可以太寒酸，或表現誠意不足，否則家中會不得安寧。然而

一年六班 李恩妤 指導老師 翁椗霙

和真正結婚不同的是：娶回家的只是一個牌位，而不是「活蹦亂跳」的一個人，此外，還得要對娶回來的對象，每天燒香、禮拜，如同家裡的先人一樣。

冥婚這樣的婚嫁，不知道未知的幽冥世界的真相，到底是什麼樣子？有的人辦完這樁喜事後，疾病便痊癒了，事業也發達了，真是不可思議，無法用科學來解釋！

冥婚故事眞有趣，安排迎親神旨意。

古代的紅娘

想起三、四十年代，婚姻都經由媒人介紹而成。媒人為了賺紅包，一定會想盡辦法湊合各種形態姻緣，讓年輕人能順利成家。當時這種行業很吃香，可是要做到讓大家都能夠滿意，必須技巧運作，方能成就一樁好姻緣。

對於農村媒人的厲害，民間流傳著一句很有趣的俚語：「三人五眼，以後無長短腳話。」這句話從什麼時候開始流傳，正確年代也許已無從考證了，但可以說明媒人湊成各有缺

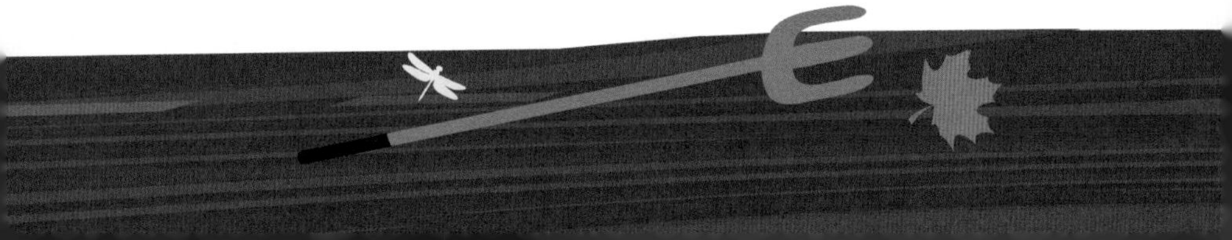

陷的男女成婚的能力。如何將促成一個左眼殘缺不全的女生和一個左腳比右腳短、走起路來晃來晃去的男生的姻緣，媒人為他們想出一個好主意：

一般相親都安排在女方家裡。媒人就像個導演：她交待女生：「妳自己有缺陷，所以在相親時要站在房門邊，然後

一年六班 陳芝幔 指導老師 翁榳霙

打開一道小縫隙即可，讓坐在客廳的男生只能見到妳的右眼和身影就好了！」接著又提醒男生：「你走起路來晃來晃去，所以相親時就坐在客廳不要起身走動，這樣可以避免女生知道你有缺陷。」

因為女生怕嫁不出去，男生也怕娶不到老婆，所以男女主角都很聽話，完全依照媒人的指示去做。媒人站在房間和客廳的中間，大聲說著：「咱三人五眼，以後無長短腳話。」以這句話結束了這場相親，然後媒人和男生，在女方來不及發現缺陷時，快速離開女方家。

雙方乍見的印象都很好，獲得雙方同意後，接下來就由媒人安排提親、下聘、吃大餅、擇吉日來迎親。在這段期間內，男女主角不可以再見面，這是當時的風俗。如果結婚之後雙方有爭議，媒人是有依據的，因為在相親的當下就說得很清楚：「我們三個人，五個眼睛，假如有長短腳也沒話說。」

這就是台語俗諺【三人共五目，日後無長短腳話】的典故由來，也是指媒人隱匿缺點，有揶揄的意味，指媒人的話語不可輕信，以免上當吃虧。

其實四十年代，像這種婚姻也能湊合著、安分守己的過一生。所謂夫婦同心，其利斷金，其樂融融也。可惜，現代多數的人只看對方的缺點，而產生怨懟憤恨，終究無法白首到老。

終成眷屬媒人力，婚姻圓滿又如意。

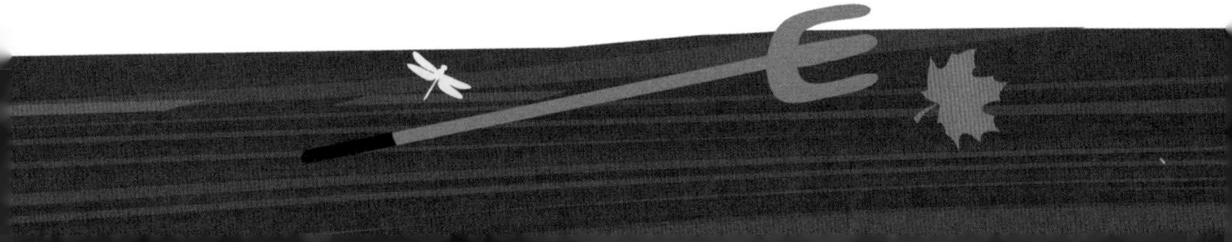

三年六班 王柏誠 指導老師 張逸君

三年六班 黃昱嘉 指導老師 張逸君

全村人的喜事—辦喜宴

村子裡有喜慶，我最興奮了！

如果是自己的親人結婚，家裡就有白米飯、魚、肉，可以大飽口福，享受好幾天。我最高興的是哥哥結婚的時候，有新衣服穿又有紅包拿。那天我把兩粒橘子放在盤子上，用手端著，請嫂嫂下車，她就給我一個紅包，真好賺！

當時的新娘子一般是坐轎子、牛車或三輪車，假如有車子可以坐就算是最頂級的，坐在車子裡面既有面子又很風光。如果嫁到家境不好的同村人家，新娘用走路的就可以了，這樣可以省下交通費用。

當時一般給女方的聘金是三千二百元至一萬二千元不等。當天還要送給女方半頭豬，叫做「豬平」。女婿是半子，所以一頭豬各分一半表示半子之意，這樣才能迎娶新娘子回家。當時親友包的禮金約二十元至八十元。女方出嫁在當天的中午會辦喜酒請客，又會送給親友每戶一盒喜餅，跟現在的婚禮差不多。

如果是鄰居辦喜事，我就幫忙把全村人家的椅子都借過來，搬到宴會現場。當時農村如果有喜事，都會互相幫助。童年時最喜歡鄰居辦喜事，我每次都會毛遂自薦去幫忙打掃環境、擦桌椅，將桌椅搬到宴會場排好，宴會後再搬回去還人家。樂此不疲的原因，當然是喜宴有免費的魚、肉可以大飽口福，還可以犒賞我的五臟廟。

期盼鄰居辦喜事，幫忙宴客打牙祭。

三年六班 李欣倖 指導老師 蔣幼如

不良的惡習—嫁妝

回想三十年代娶媳婦的習俗，還是覺得有點「不厚道」。

媳婦一娶進門，要當場展現嫁妝給親友們看。婆婆對媳婦的善、惡態度，跟陪嫁的嫁妝有很大的關係。娶進門的媳婦嫁妝裡，如果沒有值錢的東西，婆婆會找媳婦的麻煩，說一些難聽的話。窮人家的女兒已經有「要隨時討好婆婆，千萬不可以得罪婆婆，才能有好日子過。」為人媳婦的心理準備。

如果是大戶人家的女兒，嫁妝有沙發、衣櫃、棉被或其他值錢的東西，像金子，甚至是現金，身價就大大不同！就如農村的一句俗語：「嫁妝一牛車」，婆婆對媳婦就會加倍疼愛。可是，農業時代能夠娶到這樣有錢人家的女兒當媳婦並不多見。

五年六班 黃婷渝 指導老師 吳英鈴

如果是村裡的人要迎娶媳婦，大家都會去看新娘子，順便也去了解她帶多少嫁妝過來。迎娶媳婦的男方，對於嫁妝的多寡都很重視，因為跟顏面有很大的關係，加上看熱鬧的鄰居也會加油添醋地極盡「放送」(傳播)的本事，更是推波助瀾地將新嫁娘的嫁妝，不僅透明化更量化，可以說上個幾天幾夜都不累，這也算是農業社會婚姻的一種特色吧！

一個媳婦嫁過門的日子好不好過，決定於嫁妝的多少，似乎忽略了個人品德才能的重要性，這樣的觀念對一個媳婦人來說，真是不公平，還好今天大家的觀念已經改變了。

新娘嫁妝一牛車，婆媳之間笑呵呵。

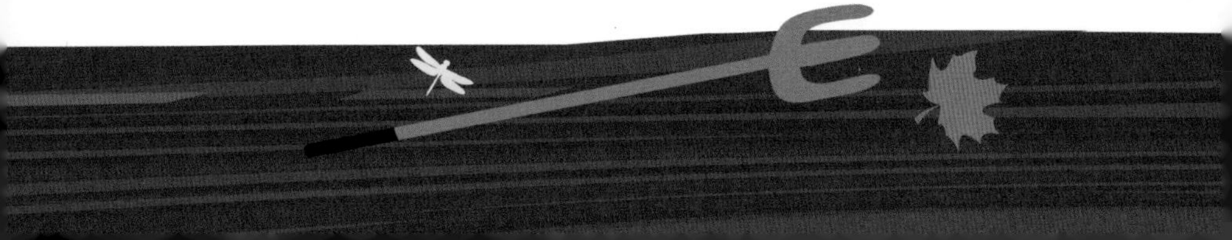

父母之命，媒妁之言－先結婚，後談感情

農業社會的婚姻，大部份都經由媒人婆的介紹而結婚，有的人僅相親一次就決定了兩人的婚事，更甚者根本不需要相親，而是由父母決定子女的終身大事。不論婚嫁的男女有無經過相親這個過程，其結婚的決定權都在父母親。

很難想像，沒有經過交往又互不相識的一對男女，居然可以成為夫妻。兩人的婚姻需等結婚後才能開始，藉由共同生活，彼此交談、認識，慢慢地建立感情。但這樣的婚姻有些還

比現在自由戀愛結婚的來得幸福，或許是因為男女雙方都未曾有過交往的對象，身處已結成連理枝的單純時空，要培養感情非常容易。有些人，孩子已經生了好幾個，還彷彿在熱戀中，讓尚未結婚的年輕人頗為羨慕！

農業社會，女性的生活圈子不僅單純還極為狹小，大都侷限在自己的村裡活動而已，且沒受過國小教育不識字，要外出找到一份好工作簡直比登天還難，當然更無法遠離家鄉，只能一輩子守在農村。所以不管她嫁給誰都要認命，從一而終。

有一句俗語：「嫁雞隨雞飛，嫁狗隨狗走。」如果婆婆對媳婦囉嗦或挑剔，媳婦都必須忍受下來，因為自己沒有謀生的能力。較幸運的是一般先生對老婆都很忠實和疼愛，農業社會沒有娛樂場所，縱使有，也沒有經濟能力去消費，所以先生們也較能把生活重心放在家裡，甚至害怕萬一老婆有個「萬一」，這輩子就要單身鰥居當「羅漢腳」了；如果老婆過世，即使先生有經濟能力再娶，很多女生也不敢嫁，害怕那個先生是剋妻的命格。相同的，先生若往生(去世)，妻子幾乎都會守寡，這在當時已經變成一種風氣了。

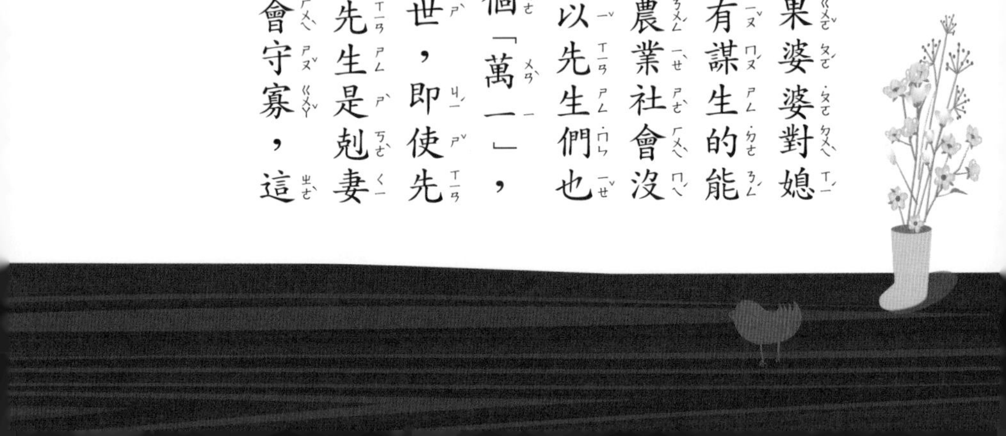

三年六班 李易修 指導老師 蔣幼如

三年六班 陳怡靜 指導老師 蔣幼如

一年六班 陳芝幔 指導老師 翁椗雯

由於生活圈子小，生活單純，沒有交際應酬，也沒有聲色場所可引誘，每個家庭的模式都差不多、沒有什麼好比較，不太可能有第三者介入婚姻而發生磨擦。雖然物資缺乏、生活困苦，卻是單純的幸福，每天日出而作、日落而息的生活在一起，能夠吃飽穿暖，看著兒女平安長大，便感到十分滿足快樂，因此，以前「離婚」這個名詞非常陌生，如果有人想要離婚，那肯定是天大的「新聞」！

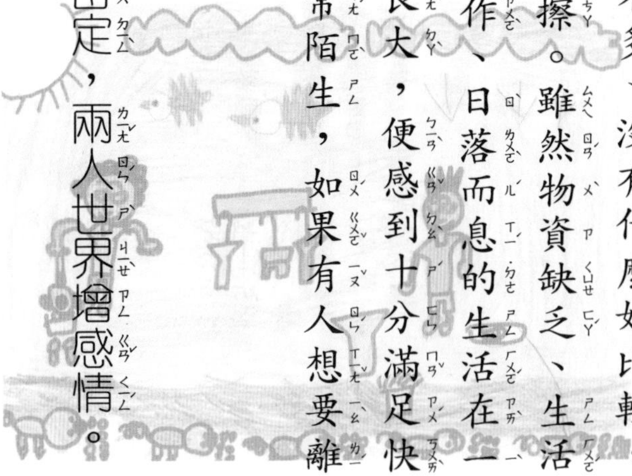

終身大事父母定，兩人世界增感情。

三年六班　李佳燕　指導老師　蔣幼如

臺灣的阿信—農村的媳婦

四十年代的農村媳婦，多數都非常辛苦又沒地位。天還未透亮，清晨四、五點就得起床，先燒洗臉用的熱水，用臉盆端著熱水到公公婆婆的面前說：「請洗手面」，這才表示尊敬公婆。接著就要煮飯、掃地、洗衣服，還趕著到田裡去工作。中午前又要趕著回家煮飯，稍有不順婆婆的心意，就經常挨罵，甚至被打都有可能。

當時農村婦女生小孩非常辛苦，在那個年代，有錢人才能

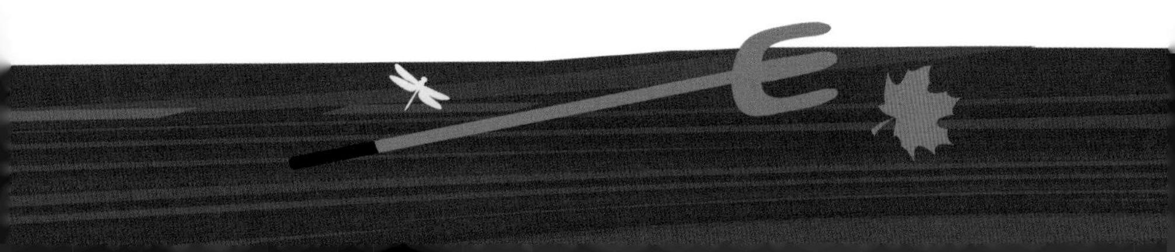

請助產士(俗稱產婆)來家裡迎接新生命，一般人為了省錢都請村裡的長輩來幫忙，或自己親自接生。分娩後的第三天就揹著小孩到田裡工作，或由家裡的大孩子幫忙照顧嬰孩，自己則下田去工作。現在的年輕人一定很難相信這是真實的故事。(註解：助產士—早期叫做穩婆或產婆，一直到了日治時代，日本政府規定產婆需要經過專業培訓，接著又公布產士法，所以「產婆」才正式命名為「助產士」。)

有的媳婦挺著大肚子還是去田裡工作，直到分娩的那一天，因為來不及回到家裡就在半路上的草堆旁分娩，所以就把這個小孩命名為「草堆」，因此才有「草堆子」這個名詞。

還有名字取為「罔腰、罔市」，在台語的解釋則是：因為生的是女生，只好隨便養養就好。有的很渴望生個男孩，就把剛出生的女娃取名「招弟、來弟」，希望下一胎能如願招來小弟弟，順利生個男娃娃，以利香火延續和負擔家計生活。

農業社會的觀念，男生才是傳宗接代的人，現在聽來，覺得不可思議，因為二十一世紀的現代人，已經沒有這麼強烈的傳統觀念，甚至於還有生女兒更勝於生男孩的論調了。

生男生女靠福氣，傳宗接代心歡喜。

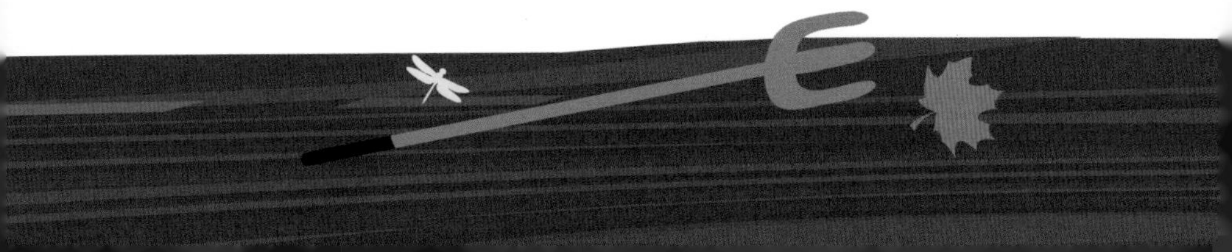

時殊風異—婆媳的關係

隨著經濟蓬勃的發展、物資亦日益豐盛、加上國際貿易的交流、聲光科技迅速地發達演變，一反過去的農業社會結構，不僅影響了原本根深蒂固的傳統觀念，臺灣各地的風俗亦隨著時代改變而有了不同的樣貌。

女兒在出嫁時，父母諄諄告誡，必須遵循三從四德來侍奉公婆、款待夫婿。現在已屬少數族群，遑論要求媳婦能身體奉行？現今的生活形態，與從前完全不同，許多女性在職場有傑出的表現、絲毫不遜於男性，再也不是過去只會洗衣燒飯的典型媳婦。

婆媳之間因堅持各自想法、觀點，而產生磨擦，導致家庭不和樂，這是現代社會的通病。如果想改變媳婦，不如先除掉「我見」，自己的想法必須要先改變，也要常常思維、調整自己的觀念：只有好媳婦、沒有壞媳婦。其實好與壞全是自己判讀、因執著而產生的，如果媳婦貼心孝順，這當然是件好事，假如媳婦的言行不能讓公婆接受或覺得「不甲意」，也不必過份苛責，就把她當作是自己的女兒一樣疼惜。（自己的女兒也

可能是別人媳婦的同理心）

有幸娶到了一位好媳婦，需要用真心待她、關心她，自己更要省吃儉用，多存點錢，讓她們未來有良好的生活環境、品質。如果娶到彼此都難以適應的，就尊重她的想法和作為，做好自我安慰「兒孫自有兒孫福」的心理建設。如此，就不會為兒子、媳婦、子孫的生活而擔憂，讓自己的心更能自在放下，「好與壞」全看自己的心境如何運轉，讓生活重心回到自己身上，對自己更好、更愛自己，造就一個圓滿的家庭。

有一次跟朋友聊天，聽到一則婆媳之間有趣的故事。婆婆的經濟還算不錯，每個星期六都約兒子、媳婦到餐廳用晚餐，全部由婆婆買單。媳婦感覺很無趣，向身為人子的老公抱怨，為什麼每個星期六都要陪她吃飯呢？老公猶如夾心餅乾，無法回應，也不敢拒絕母親的邀約，每個星期六就剉咧等！

這種生活模式持續了很多年，有一天，婆婆突然要求兒子必須繳付自己的房屋貸款，以前都是媽媽在支付的。其實，兒子有不錯的工作和收入，自己繳付房貸也不成問題，只是過去都是媽媽自掏腰包幫忙繳納的，久而久之就習以為常了。現在，由兒子自己負責繳付房貸，當然每個月就增加了一筆為數不小的開銷。

後來，婆婆約他們到餐廳吃飯，媳婦反而非常高興，因為有豐盛的晚餐，既不用做飯又不需付費。許多人身在福中不知福。如果有感恩的心，福報就用不完，可是容易忘恩的人，福報很快就會用盡。

社會觀念的變遷，兩性平等，時殊風異，因此三、四十年代和九十年代的婚姻、共同生活的認知差異很大，以致於造成現在離婚率高得嚇人，逐年都有攀升的趨勢。

其實婚姻不美滿是由很多因素造成的，如慾望、金錢、理念等等，皆是造成離婚的主要原因。還有一些是婆媳之間不和諧而造成的，所以，如果要娶媳婦就要有寬恕、容忍的心理建設。例如：媳婦粗枝大葉，總是忘了說：「媽，吃飯囉」或「早安」之類的話語，身為婆婆的就往好的方面想：是媳婦貼心，怕我勞累嘴巴，我可以省掉回應的麻煩。

善、惡是一念之間，如果有廣大的胸襟，就可以相處融洽、家庭和樂。娶媳婦的目的是要讓整個家庭更加幸福快樂。因此要往好的方面想，媳婦也是人家的女兒，也會有心情不好的時候，所以，不要因為太強烈的主觀意識，導致不合的負面情緒，籠罩整個家庭。

現代的媳婦認為：嫁過來不但要為你們家生小孩，又要操持家務，有的還需分擔家裡的經濟重責，還要照顧你的孫子、兒子，精神和體力上的負荷已經非常龐大了，因此，婆婆對她們好是天經地義的。其實，她們的認知也不是沒有道理，所以，身為婆婆的更應該為她著想，不要以三、四十年代的標準去衡量她們。

婆媳無爭萬事興，相處和諧造福因。

三年六班 邱旻萱 指導老師 蔣幼如

三年六班 陳建彬 指導老師 張逸君

台灣世界展望會

感恩台灣世界展望會

自從離鄉背井到台北，已經四十幾年了，童年時，看到大部份村民都過著非常困苦的日子，有些村民常需要別人幫助才能過活的困境，讓我記憶深刻。

當時，基督教會偶爾舉辦盛大聚會時，最常以麵粉救濟貧困的人。得到麵粉的人都非常的珍惜、欣喜，因為可以吃到麵餅。所謂麵餅是以麵粉加清水，兩手用力扭轉、壓擠、搓揉，然後放進鍋爐煎，就成麵餅。一家人每個人只分得一塊，是當做一餐的飯食，並不是吃點心喔！

當我長大後才瞭解這是所謂的行善，善心之舉。我更進一步去探索，又得知四十年代起，台灣世界展望會就在臺灣資助很多家庭渡過困苦的日子。因為我家裡也很貧窮，所以這些事一直烙印在我心底。

當我出生時，全身光溜溜的。現在我擁有的財產、金錢都是從社會得來的。仔細思考，徹底分析，生來本無一物，如果我擁有比一般人多的財富，也是社會給我的。所以說：取之於

社會、用之於社會，理所當然，應該去做的事，也沒什麼值得驕傲的。

今天我有一點點成就，更應該提醒自己回饋，去幫助那些真正需要幫助的人，生來無一物，死後也無一物。我用不完的東西，死後也帶不走，還不如拿出來幫助有需要的人，這是我人生的目標，也是我的理想。

博愛仁心救世人，耶穌基督賜安平。

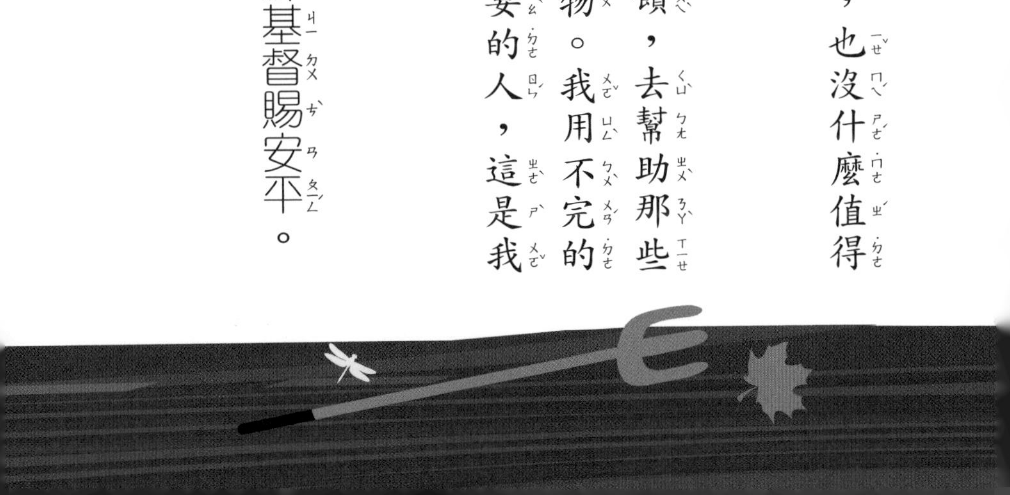

My drawing for you!
My dibujo para ti!
Guatemala
World Vision
愛的陳叔叔您好：
最近好嗎?天氣變冷了
叔叔要多穿一點喔!
祝您 心情快樂。
Bless You
huẩn bị đón Tết, gia đình em tra
為了迎接農曆佳節 我的家人會用以
Cây quất/ 金桔
Hoa mai vàng / 黃杏
Khác/ 其他
WITH LOVE FROM ME TO YOU
Child Name 兒童姓名 Than Htike Aung
Child ID No. 兒童編號 MYA-189399-1280

247
台灣世界展望會
我畫的圖
愛滋病防
家庭計畫
I AM VERY
Shy
Talkative
Friendly
Quiet
Confident
Fun-loving
WHAT I WANT TO BECOME WHEN I GROW UP
Teacher
Doctor
Farmer
Engineer
Police Officer
Social Worker
Others
Thank you
感謝您成為
Čestita Nova
godina
i
Božić
Želi vam
drugarica
Để chuẩn bị đón Tết, gia đình em trang trí nhà cửa với:
Cây quất / 金桔
Hoa mai vàng / 黃杏
Cành đào / 桃花
Câu đối / 春聯
Khác / 其他
菊花
Tên em:
我的名字
Mã số của em: VNM-176326
我的編號
2330
w.worldvision.ba

五年六班 李嘉軒 指導老師 林惠玲

五年六班 鄭詮龍 指導老師 林惠玲

拋磚引玉—希望相隨

愛心不能再等待，及時助人真博愛。在每一個喜慶的日子，我都會付出一點點心意做些善行。

例如：由台灣世界展望會杜會長在我兒子的喜宴現場，代表接受小兒結婚喜宴所收到的禮金，轉交給需要幫助的小朋友。

喜宴上大家吃得非常開心，可是我會想到世界上還有很多人沒飯吃，所以，我將兒子結婚喜宴所收到的禮金全數捐出，

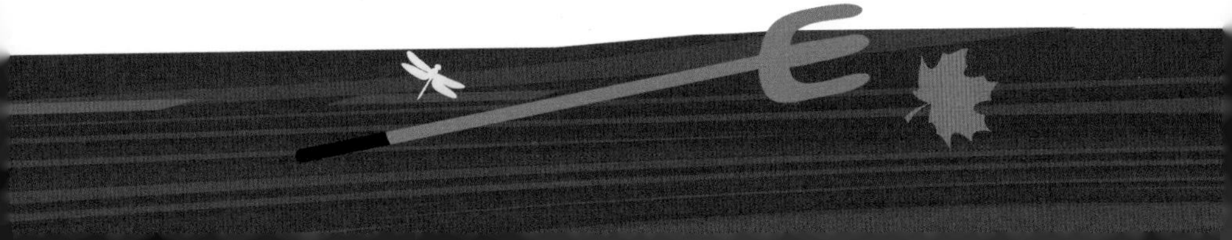

做了應該去做的事，只是想拋磚引玉。

取之於親友，用之於需要幫助的小朋友，這件功德是屬於親友的，我是利用我今生難得的機會幫忙宣導慈善工作，這使我們整個家庭的紀念日更具意義。

台灣世界展望會杜會長說得好：愛不能等待！

國內外許多貧瘠、落後的角落，還有無數在貧窮匱乏之中煎熬的兒童。大部份的家庭收入每天不足一塊美元，沒有機會上學，有些孩子甚至活不過五歲的生日。因為一個及時的愛心善念，一個小小的資助行動，讓這些生活在艱困環境中的孩子能夠順利上學、健康成長，有機會迎向更寬廣、更豐盛的生命！

貢獻一己的能力為大眾謀福利，為人類多做有益的善事，多關心這個世界需要幫助的人。生命在呼吸間，生死在一瞬間，人如果三分鐘呼吸不來，生命就結束了，在這三分鐘的前一秒才想做善

孩童獲得營養健康的照顧
經由計畫區員工及地區健康部門的定期監督，阿薩豐計劃區在定點村落進行宣廣並推動促進孩童及其家人健康的各種方案，如 營養補充、母乳哺育、預防接種及家庭計畫等方案，以提高民眾認知。
10位受助兒童及其監護人們與副區長（亦是地區方案協調委員會的主席）一同參與聯合國兒童權利公約二十周年慶祝活動。
孩童們參與兒童權利法的活動
資助人經由參訪計劃區內的目標村落來瞭解世界展望會的支持對社區及當地孩童的影響，並於2010年9月8日到9日期間在實施各項計畫與方案的農村裡體驗已建立起的發展設施。參訪過程中，賓客受到村民熱烈歡迎及盛情款待，備受感動。
孩童們對於資助人的來訪都很開心
孩童們正在參與學校建設活動
World Vision
我們對每一個兒童的展望是他們獲得豐盛的生命；
我們心中的禱告是我們要有意志去完成這一展望
我的年度成長報告
2010-2011
名和姓.
資助童編號 Lao-179779-.
資助人來自於台灣世界展望會

事，已經來不及了。杜會長說得很好：「愛不能等待」，真的很有道理！

致予世人博愛心，浩然正氣慈善行。

「謝謝世界展望會在社區蓋的汙水處理設備，現在我們有乾淨又安全的水可以喝了！」

—12歲的Bablu（右一）

《我的社區》繪圖者：Deepshika, 15歲

獲得照顧、保護，並擁有參與的權利

更多孩子參與社區事務。透過社區清掃、兒童權益宣導等活動，將近140個兒童社團為社區帶來正向轉變。

《和朋友一起玩耍》繪圖者：Chahat, 8歲

感受到被愛與重視

更多孩子學習關心自己和他人。透過話劇及繪圖競賽，共計2,700位兒童建立正確價值觀。另有大約180位兒童瞭解和家人、朋友及鄰居維繫正向關係的重要性，並協助在社區中進行宣導。

橋樑—台灣世界展望會

辛苦賺錢很用心，花錢行善多費心。

我要幫助他人時都很小心，萬一被騙了，會傷害自己又害了騙人的人。如果騙徒得逞了，他一輩子不想工作、不求上進，只想輕鬆騙人、不勞而獲，對他而言更是壞事，所以有愛心也要睜大眼睛。

因此我都找財團法人或有公信力的慈善機構。我雖然是虔

誠的佛教徒，但因為助人是不分種族或宗教信仰，所以我認養了五十幾個世界各國的小朋友。這些小朋友都是透過國際級的台灣世界展望會，協助認養的。有台灣世界展望會來當愛心的橋樑，對於他們的公信力，我深信不疑！

每年我都會收到好多小朋友的祝福信件，每一次收到小朋友的祈禱和祝福，心裡就感受到清淨、安樂、充滿喜悅，更覺得生命有意義！像這樣利人又利己的好事，還能等待不做嗎？

World Vision
"千言萬語不如一件善行
讓人銘刻在心"
— 亨瑞克易卜生
親愛的資助人：
感謝您在我的生命中留下了印記，成為我的「希望之光」。
在此謹祝您佳節愉快，並有個璀璨的新年。
這盞小燈代表我對您的感謝。
它是由我＿＿＿著色／黏糊的，由＿＿＿協助完成。
Name /姓名: Kumari Pooja
ID No. / 編號 193055-0031
另附上兩盞小燈，讓您與在生命中留下深刻印記的人分享。

世人用盡心思去賺錢，每個人賺來的錢不一定知道該怎麼花，然而怎麼花錢才正確又不浪費呢？經常聽到有人說：「我又亂花錢了！」浪費錢似乎已成為現代人的通病。花錢應該要精打細算，避免浪費，例如少買一些可能不常使用到的物品，或少到娛樂場所，久而久之，就可省下一筆錢。少浪費一點錢，就能幫助一個真正需要幫助的小朋友上學和得到飽暖。

所以，做善事和做生意是一樣的，賺錢要用心，花錢做善事一樣要多費心，要用努力賺來的錢，幫助真正需要幫助的人，這樣才能不白費工夫，不至於浪費了自己辛苦賺來的金

五年六班 陳信豪 指導老師 林惠玲

五年六班 陳彥傑 指導老師 林惠玲

錢。捐任何一筆錢都要注意，是否真正為弱勢者解決問題，這才是真的做了好事。

World Vision
台灣世界展望會

BGD-185661-2261

親愛的資助人：

獻上我誠摯地問和和關愛給您！
我希望在全能的上帝祝福下，您一切都好。我和我的家人也都好。
我和我的家人及朋友都很開心收到您寄來的包包和文具。我能透過您寄來的文具來學習許多的事物，也幫助我的學習。我要為此，再次的向您獻上感謝。
我和我的朋友居住在村莊內。我們的房子都是由泥牆及鐵皮浪板的屋頂搭建而成。我的父親是名臨時工，我的母親則是家庭主婦。米和魚是我們的主食。我們有安全的水管提供我們乾淨的飲用水。現在是冬季，現在感覺到非常寒冷。許多種類的當季水果，這些水果都有助於健康。我按時的去上學，早上我會和朋友一起去上學。下午我會和朋友一起玩樂。晚上我會在梳洗後讀書。晚上讀完書後，我會吃晚餐，之後就睡覺了。聖誕節即將來臨，我先祝福您聖誕快樂。再一次的獻上我對您的感謝之意。我非常想更多瞭解您。

愛您的孩子 敬上

先聖教化學道義，宇宙人生修眞理。

和世界各地的孩子握手

奉主耶穌賜安宜，感謝上帝認識您。受到資助的小朋友，都會寫信問候資助人。小朋友的信寫的非常天真、可愛又令人感動。例如：

「謹奉主耶穌基督奇妙之名向您請安。我母親非常感激您對我的幫助，我很開心也愛您，我每天都跪下來爲您禱告，願上帝隨時著保護您，愛您的孩子敬上。」

六年六班 王珮羽 指導老師 張芳萍

在那麼遙遠的地方，小朋友和家人都為我祈禱，我感到非常幸福。只要每天能節省一點點錢，節約一點能源，就能為一盞快要熄滅的油燈加點油，使它可以繼續再發光。我可以對自己說，我又做對了一件事，快樂自然洋溢！

「我在史瓦濟蘭很好，希望您平安快樂，感謝您寄給我美麗的卡片和相片，我非常喜歡。我覺得很可愛也很引以爲傲。我把它擺設在我母親的桌台上，每天都可以見到您。即使我們距離遙遠，我深深感受到您對我的關愛。我與母親在此致上誠摯的問候，願上帝保佑您和您的家人，謝謝！愛您的孩子敬上。」

看了小朋友的來信，所感受到的幸福和安詳，是不能拿金錢來衡量的。他們的真心，使我非常開心，更有精神去做事。今天事業有一點成就，與小朋友給我的精神支持頗有關聯，所以我也很感激他們。

「這是從蒙古布爾省所捎來的問候，但願這封信在這個美好日子，為您捎來溫暖的祝福！您好嗎？我非常感謝臺灣世界展望會，提供了一台輪椅給我的殘障女

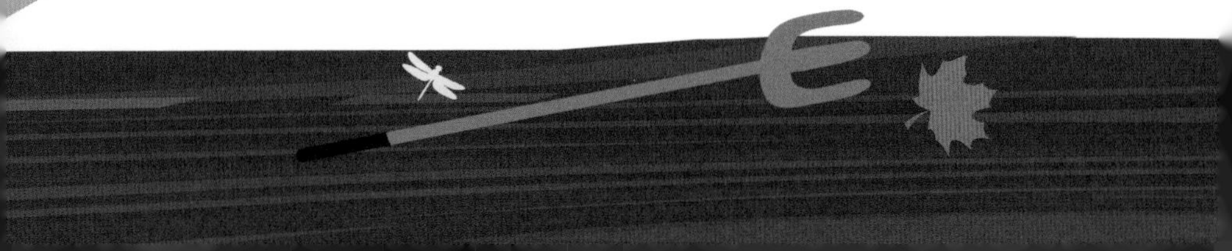

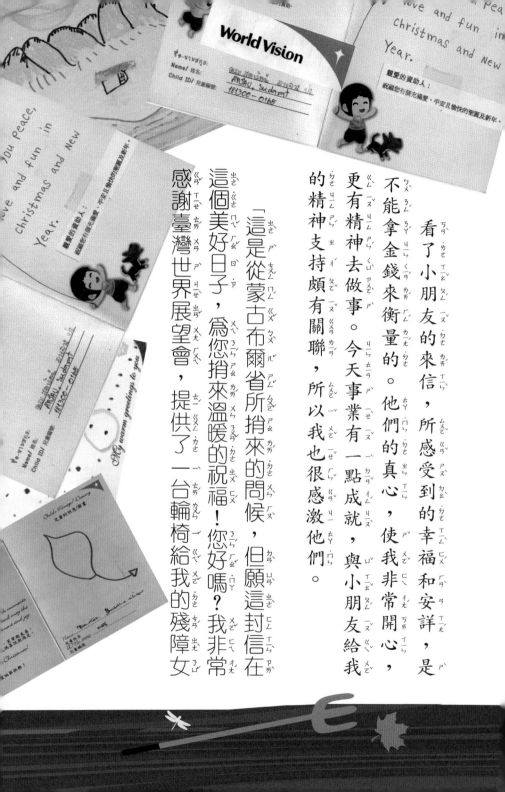

兒，我們非常開心，願您的生活順心、快樂！」

一個行動不方便的人，因為有人幫助而改善了情況，一定非常的高興，沒有經歷過的人，是無法體會的。

「我跟我的家人帶給您溫暖的祝福，您在臺灣過得如何呢？我在南非很好，非常感恩您的資助，我才能夠繼續去上學，每天我都走路去上學。臺灣天氣如何呢？感謝您成為我的資助人，愛您的孩子敬上。」

只要付出一點愛心，就能讓他有機會去上學，這對於他的

將來一定有很大的幫助。做這種善事，好像培育一株幼苗，待長大後，也許是一棵可供人乘涼的大樹，想到這裡我內心便感到十分欣喜。

「親愛的資助人您好：您給我的禮金已經收到了，非常謝謝您的資助，我會把錢買文具用品或拿去繳學費，我一定不會亂花的，因為這是您愛心的幫助，讓您破費真不好意思。您的心意已在冷冷的冬天裡帶給我溫暖，送您我親手做的玫瑰花一朵，它代表我的祝福與感謝，我也非常喜歡您喔！感謝上帝安排我可以認識您，這是我的榮幸，祝新年快樂，萬事如意。」

小朋友既沒有錢又沒能力賺錢，雖然我只資助他們一點點錢，但對一個真正需要的人來說，卻是很大的幫助。收到這麼多、感人又貼心的信，心裡無比溫馨，使我得到無限的安慰，和繼續努力行善的動力。

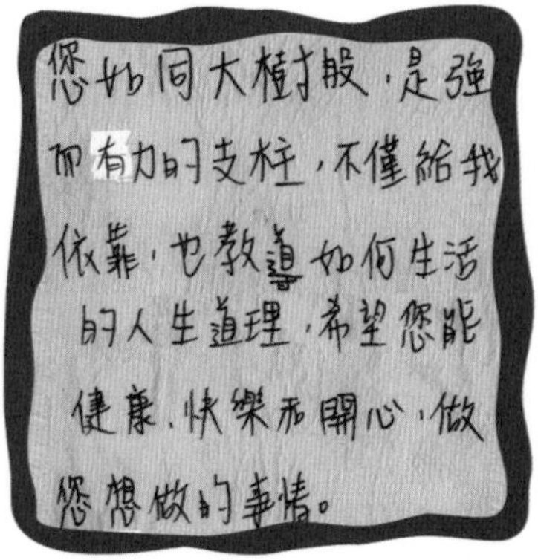
您如同大樹般，是強而有力的支柱，不僅給我依靠，也教導如何生活的人生道理，希望您能健康、快樂而開心，做您想做的事情。

萬事善緣自安排，事事如意心常開。

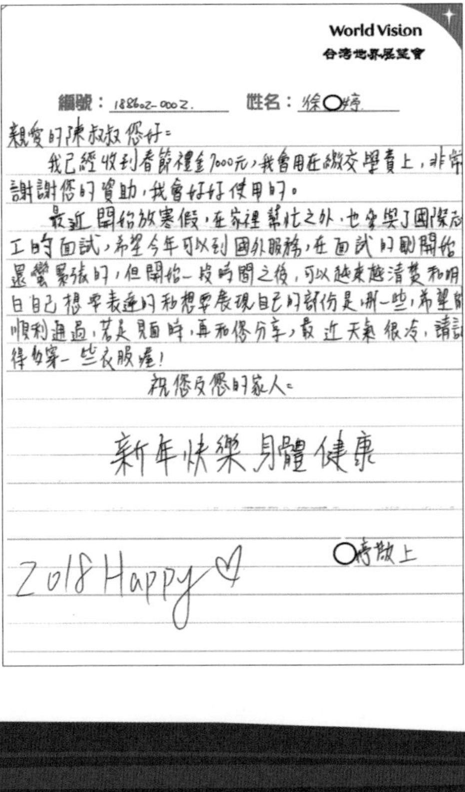
World Vision
台灣世界展望會

編號：188602-0002.　姓名：徐○婷

親愛的陳叔叔您好：

我已經收到春節禮金7000元，我會用在繳交學費上，非常謝謝您的資助，我會好好使用的。

最近開始放寒假，在家裡幫忙之外，也參與了國際志工的面試，希望今年可以到國外服務，在面試的剛開始還蠻緊張的，但開始一段時間之後，可以越來越清楚和明白自己想要表達的和想要展現自己的部份是哪一些，希望能順利通過，若是見面時，再和您分享，最近天氣很冷，請記得多穿一些衣服喔！

祝您及您的家人：

新年快樂 身體健康

2018 Happy ♡

○婷敬上

六年六班 蔡佩鈺 指導老師 張芳萍

六年六班 黃昱諮 指導老師 張芳萍

感想篇

科技的發達，心靈的退化

最近我和朋友說：「我不看電視已經很久了。」他誤以為我家的電視機壞了，怎麼不趕快拿去修理呢？我回答：「是不想看電視，而不是電視機壞了。」

聽了我的答案，他感到很驚訝！但我認為不看電視、不聽收音機，能淨化心靈，提昇生活品質。我到過很多道場，了解很少師父會經常看電視，這也是我不看電視的原因。回想以前沒有收音機、電視機的年代，心靈就比現在安詳。

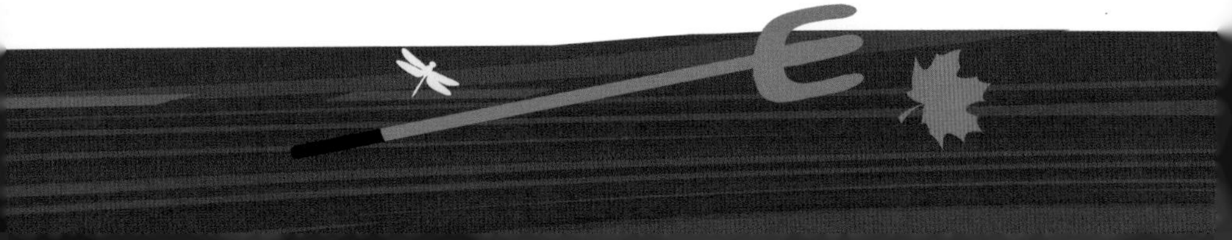

科技的發展反而使人心不安寧。例如：每人一支手機，整顆心都注意著它，隨時要接聽或回應，「心」已經被手機綁住了。

因此，長時間使用手機的結果，人會不自由，帶來不快樂。還有汽車、機車的發達及普遍性，讓我們生活非常方便。但是，每天都有開車肇事的不幸事件發生，造成整個家庭破裂，無法彌補的重大傷害。交通便利，晚上隨時都可外出娛樂，很有可能惹是生非，讓長輩或在家裡的親人憂心忡忡，擔心未歸的安危，煩憂得無法安心、無法成眠。

農業時代，缺乏交通工具，除了工作外，幾乎都聚在家裡，根本不外出，也因此沒有這種煩憂。有了電視機，一打開新聞報導，每天都是批評、人身攻擊、凶殺、車禍等不幸的事，日積月累地也會造成人心長期處於不安而恐懼。因此，「心病」特別多，如憂鬱症、躁鬱症等等，心靈長時間受壓迫而自殺的事件幾乎每天都有。

五年六班 陳鈺潔 指導老師 林惠玲

五年六班 陳沛璇 指導老師 林惠玲

四十年代醫術、科技都不發達，自殺事件極少聽聞。現今醫術、科技日新月異，災厄禍患層出不窮，究竟是好、是壞，難以一言斷定！

五年六班　翁一右
指導老師　林惠玲

淨化心靈無罣礙，生活安逸好自在。

五年六班　蔡邦翰
指導老師　林惠玲

利他就是利己

每個人都是赤裸裸地來到世間，雖然，各自的父母和生活的環境皆不同，但生命的價值得靠自己去創造，每個人都是如此。生命的最大價值在於：不只要創造自己，更需要利益他人。

說到「利益他人」，很多人有不

三年六班 黃詮鈞 指導老師 蔣幼如

同的觀點，有些人會說：「我辛辛苦苦努力而獲得的，為什麼要把成果分享給他人呢？」、「我又沒有虧欠他，為什麼要幫助他？」、「頭殼壞掉喔，好日子自己過就好了！」

「捨得、捨得」有捨就有得，大家都知道這個道理，可是要付出時，內心就會掙扎。先割捨了，萬一沒回收，豈不是虧大了？

人是有感情的，只要對人好，以真誠的心去對待任何人，不要存有分別心，更不可以輕視或瞧不起窮人，所做的善行，更不需要記掛在心裡。

不一定要以物質去利益他人，也可以用語言佈施或精神佈施，只要每天遇到人就說好話，一直持續下去，總有一天，一定會發現周遭的人對你都很友善，這也是因果論。

世事無常啊！何時自己會需要他人的幫助是無法預料的，所以先種善因，如有急事，一定會有人伸出援手。做生意的人，更需要先利益他人，多一個朋友，就多一個生意機會。

有位朋友曾經告訴我，利益他人真的是利益自己。他和鄰居，彼此間少有互動，有一天，他主動跟鄰居示好、開始對鄰居善言(語言佈施)，不到兩個星期，這位鄰居就介紹了一個工程讓他承包。所以，不要怕吃虧，利益他人就是利益自己。

利人成功有道理，常見己過記心裡。

一步一腳印、腳踏實地

生命的意義是什麼？每個人皆有不同的定義。可是認真賺錢是大多數人共同的目標和理想。沒錯！有錢才能得以生存，所以，從踏入社會謀職工作的那一刻起，多數人都非常積極的找尋賺錢的契機。

六年六班 黃晨育 指導老師 張芳萍

成功絕對有原因，失敗不必找藉口。如果賺不到錢財，就必須要檢討是否方法錯誤，或不夠專心、不肯勞心勞力做事，以至於賺到錢後，如何花錢的觀點，也有很大的差異性。

有的人，選擇先犒賞自己，有的人奉養父母、為尊長添置所需。有些人，則以取之於社會的

六年六班　李嘉偉　指導老師　張芳萍

回饋心理做公益捐贈。還有些人，會先規劃再善盡管理和使用。更有一種人，妄想以捷徑去賺取更多的財富(賭博，就是其中之一)，所以，昔日辛苦賺來的錢，一眨眼間，就轉給了別人享用，有如過路財神般，只經過而留不下來！

如果賺錢很容易，大家就沒有必要這麼辛苦去努力賺錢。就是因為錢得來不易，應該要珍惜、善用，時常提醒自己，善用財富，珍惜每一分錢。

賺錢要用心，花錢更要費心。好高騖遠，不切實際追求財

六年六班 黃婷渝 指導老師 張芳萍

富的人到處可見，但是，能夠不付出心力、就可輕輕鬆鬆得到財富的人，少之又少。我選擇遵循一步一腳印的真實義理、腳踏實地靠自己，有多少錢，就做多少事的穩紮穩打，才不會墮入枉費心機，空空如也的下場！

甜言一句有好報，善意利人記得牢。

愛心不能再等待，及時助人真博愛

生命存在呼吸間，生死是在一瞬間。

想做功德在世間，就要及時去行善。

若生命結束了，就會來不及了。

所以說：愛不能再等待，只要一直持續做下去，總有一天一定會發現，周遭的人慢慢對您友善，這友善也使我們能獲得更豐盛的生命。

99學年度 邱明龍主任 陳明道董事長 黃華林校長 黃金茂鄉長 吳英鈴老師
義竹國小跳鼓陣團隊在埤前村生態池前合影留念

99學年度六月陳董事長參予義竹國小三年六班「作家有約」座談會合影留念

99學年度6月24日陳董事長蒞臨義竹國小三年六班參予「與作家有約」活動合影留念

100學年度11月陳明道董事長與林曜輝校長、柯彩娥會長於義竹國小校長室合影留念

99學年度陳明道董事長與義竹國小四年六班全體師生在埤前村生態池前合影留念

感謝函

策劃：邱明龍主任

美編：張逸君

特別感謝：陳宛仙老師
李德明老師

感謝：義竹國小老師

朱芹儀　吳英鈴　沈美慧

張逸君　翁梃霙　王藹仙

張芳萍　蔣幼如　施雅文

林惠玲

（謝謝各位老師鼎力相助，以上依年級排列）

插圖：嘉義縣義竹國小埤前分校師生

國家圖書館出版品預行編目資料

陳伯伯的童年記趣 / 陳明道著. -- 初版. -- 臺北
市：少年兒童，2018.06
面；　公分 -- (學習成長；2)
注音版
ISBN 978-986-93356-7-6(平裝)

859.6　　107006303

學習成長2

陳伯伯的童年記趣

作　　者：陳明道
策　　劃：邱明龍
美　　編：張逸君、賴羿穎
特別感謝：陳宛仙、李德明
校　　稿：張逸君、陳宛仙
編　　輯：張加君
封面設計：賴羿穎
出 版 者：少年兒童出版社
發　　行：少年兒童出版社
地　　址：台北市中正區重慶南路1段121號8樓之14
電　　話：(02)2331-1675或(02)2331-1691
傳　　真：(02)2382-6225
E— MAIL：books5w@yahoo.com.tw或books5w@gmail.com
網路書店：http://bookstv.com.tw/
http://store.pchome.com.tw/yesbooks/
博客來網路書店、博客思網路書店、三民書局
總 經 銷：聯合發行股份有限公司
電　　話：(02) 2917-8022　傳 真：(02) 2915-7212
劃撥戶名：蘭臺出版社　帳號：18995335
香港代理：香港聯合零售有限公司
地　　址：香港新界大蒲汀麗路３６號中華商務印刷大樓
C&C Building, ３６,Ting, Lai, Road, Tai,Po, New,Territories
電　　話：（852）2150-2100　傳真：（852）2356-0735
經　　銷：廈門外圖集團有限公司
地　　址：廈門市湖里區悅華路８號４樓
電　　話：86-592-2230177　傳 真：86-592-5365089
出版日期：2018年6月 初版
定　　價：新臺幣280元整（平裝）
ＩＳＢＮ：978-986-93356-7-6